小説 名探偵コナン
CASE2

土屋つかさ／著　青山剛昌／原作・イラスト

JN242588

★小学館ジュニア文庫★

月《つき》いちプレゼント脅《きょう》迫《はく》事《じ》件《けん》

DETECTIVE CONAN

「わ——!!　見《み》て見《み》て、夏江《なつえ》さんから手紙《てがみ》きてるよ！　ひさしぶりー…」

8月《がつ》3日《か》、小学校《しょうがっこう》から帰《かえ》ってきた江戸川《えどがわ》コナンが、毛利探偵事務所《もうりたんていじむしょ》でランドセルを置《お》いていると、制服姿《せいふくすがた》の毛利蘭《もうりらん》がポストから取《と》り出《だ》した封筒《ふうとう》を持《も》って入《はい》ってきた。

「夏江《なつえ》さん…？」

蘭《らん》の父親《ちちおや》の毛利小五郎《もうりこごろう》が聞《き》くと、蘭《らん》は封筒《ふうとう》を開《ひら》きながら「忘《わす》れたの？」と答《こた》えた。

「ほら、一月前《ひとつきまえ》に船《ふね》でいっしょになった、籏本夏江《はたもとなつえ》さんよ！　連続殺人《れんぞくさつじん》が起《お》こって、大変《たいへん》だったじゃない!!」

「ああ…そんな事《こと》もあったような…」

一《いっ》か月前《げつまえ》、三人《さんにん》は旅行帰《りょこうがえ》りに偶然乗《ぐうぜんの》った豪華客船《ごうかきゃくせん》[1]で殺人事件《さつじんじけん》に巻《ま》き込《こ》まれた。その時《とき》に蘭《らん》と親《した》しくなったのが籏本夏江《はたもとなつえ》だ。

「しっかりしてよ！　あの事件《じけん》、お父《とう》さんが解決《かいけつ》したんじゃないの!!」

「へ？」

小五郎《こごろう》がポカンとするのも無理《むり》はない。その事件《じけん》を解決《かいけつ》したのは小五郎《こごろう》ではなくコナンだった。小五郎《こごろう》は腕時計型麻酔銃《うでどけいがたますいじゅう》で眠《ねむ》らされ、コナンが蝶《ちょう》ネクタイ型変声機《がたへんせいき》で小五郎《こごろう》の声《こえ》マネをして犯人《はんにん》のトリックを暴《あば》いたのだ。

「ね、ねえ…早《はや》くその手紙《てがみ》見せてよ！」

その事《こと》がバレてしまったら困《こま》るコナンが話題《わだい》を変《か》えようとする。蘭《らん》は「えーっと…」と、手紙《てがみ》を読《よ》み始《はじ》めた。

「小五郎《こごろう》さん、蘭《らん》さん、コナン君《くん》、お元気《げんき》ですか…？」

その節《せつ》は大変《たいへん》お世話《せわ》になりました…
せっかくのみなさんの楽《たの》しい旅行《りょこう》を、わたし達《たち》のせいで台無《だいな》しにしてしまって、すみませんでした…
おじい様《さま》とお義兄様《にいさま》の葬儀《そうぎ》から三週間《さんしゅうかん》が経《た》ち、ようやく、みんなショックから立《た》ち直《なお》りかけています…

1：事件の詳細は少年サンデーコミック「名探偵コナン」3巻
FILE.1〜6でチェック！

いろいろ考《かんが》えた末《すえ》に、わたしと武《たけし》さんの二人《ふたり》は、おじい様《さま》の遺産《いさん》を放棄《ほうき》し、旗《はた》本家《もとけ》を出《で》る事《こと》に決《き》めました…

現在《げんざい》は、北海道《ほっかいどう》の牧場《ぼくじょう》での新《あら》たな生活《せいかつ》がスタートしています…

では、わたし達《たち》の写真《しゃしん》を同封《どうふう》します…

北海道《ほっかいどう》に来《く》る機会《きかい》があれば、ぜひ、お立《た》ち寄《よ》りください…


封筒《ふうとう》の中《なか》に入《はい》っていた写真《しゃしん》を取《と》り出《だ》すと、そこには北海道《ほっかいどう》の広大《こうだい》な青空《あおぞら》の下《もと》、大《おお》きな乳牛《にゅうぎゅう》を背《せ》に幸《しあわ》せそうに笑《わら》い合《あ》っている夏江《なつえ》と、その夫《おっと》の武《たけし》が写《うつ》っていた。

「わーっ♡」

微笑《ほほえ》ましい構図《こうず》に歓声《かんせい》を上《あ》げた蘭《らん》は、手紙《てがみ》の最後《さいご》にもう一文《いちぶん》あることに気付《きづ》いた。


P《ピー》．S《エス》．蘭《らん》さんへ…

名探偵《めいたんてい》の彼氏《かれし》によろしく…

（やだなー、彼氏《かれし》だなんて…そんなんじゃないのにー…）

そう思《おも》いながらも、蘭《らん》の頭《あたま》の中《なか》にはしばらく会《あ》っていない工藤新一《くどうしんいち》の姿《すがた》が浮《う》かび、思《おも》わず顔《かお》がにやけてしまう。

（かんべんしてよ、もー―）

頰《ほお》が熱《あつ》くなるのを感《かん》じつつ手紙《てがみ》を大《おお》げさに振《ふ》っている蘭《らん》を、コナンと小五郎《こごろう》は呆《あき》れて見《み》ていた。

「なんだあいつ…？」

けれど、読《よ》み終《お》えた手紙《てがみ》を封筒《ふうとう》に戻《もど》しているうちに、そんな蘭《らん》の表情《ひょうじょう》が少《すこ》しずつ曇《くも》っていく。

「……そういえば、新一《しんいち》どーしたんだろ？　最近《さいきん》、連絡《れんらく》くれないし…」

その言葉《ことば》に、コナンの心臓《しんぞう》が大《おお》きく跳《は》ね上《あ》がった。慌《あわ》てて蘭《らん》に向《む》かって笑顔《えがお》を作《つく》る。

「き、き、きっと手掛《てが》けてる事件《じけん》が難航《なんこう》してるんだよ…」

「でも、あれからもう随分《ずいぶん》たつよ…学校《がっこう》にも来《き》てないし…いつもなら、どんな事件《じけん》でもとっくに解決《かいけつ》してるのに…」

蘭《らん》は急《きゅう》に真剣《しんけん》な表情《ひょうじょう》になって「ま、まさか新一《しんいち》…」と呟《つぶや》いた。

「え…？」

「ウデが落《お》ちたんじゃ…」

まさかの物言《ものい》いにコナンが呆《あき》れていると、

ピンポーン。


事務所《じむしょ》のインターフォンが押《お》され、チャイムが鳴《な》った。

「あ、はーい！」

蘭《らん》が扉《とびら》を開《あ》けると、そこには大《おお》きな箱《はこ》をたくさん抱《かか》えたスーツの男《おとこ》が立《た》っていた。

「あ…」

男性《だんせい》は勢《いきお》いよく開《ひら》いた扉《とびら》に驚《おどろ》いてバランスを崩《くず》し、持《も》っていた箱《はこ》の山《やま》をコナンの頭上《ずじょう》に落《お》としてしまう。

「わっ」

驚《おどろ》いて尻餅《しりもち》をついてしまうコナン。しかし、それらの箱《はこ》には大《たい》して重《おも》い物《もの》は入《はい》っていないようで、どれも軽《かる》い音《おと》を立《た》てて床《ゆか》に転《ころ》がった。良《よ》く見《み》ると、それらはプラモデルや水鉄砲《みずでっぽう》、サッカーボールなど、どれも子供用《こどもよう》のオモチャが入《はい》っている箱《はこ》だった。

「す、すみません。ご相談《そうだん》したい事《こと》があって、うかがったんですが…」

箱《はこ》を持《も》っていた面長《おもなが》の中年男性《ちゅうねんだんせい》が、申《もう》し訳《わけ》なさそうな顔《かお》で事務所《じむしょ》に入《はい》ってきた。髪《かみ》を丁寧《ていねい》に七三《しちさん》に分《わ》け、高級《こうきゅう》そうなスーツをバリッと着《き》こなしている。

「ごめんよ、ボウヤ…大丈夫《だいじょうぶ》かい？」

男《おとこ》が手《て》を差《さ》し出《だ》してくる。コナンは「うん…」と答《こた》えながらその手《て》を握《にぎ》った。握《にぎ》る直前《ちょくぜん》、男《おとこ》の左手《ひだりて》の人差《ひとさ》し指《ゆび》に小《ちい》さな線《せん》の跡《あと》があるのが見《み》えた。

小五郎《こごろう》は男《おとこ》をソファに座《すわ》らせ、彼《かれ》が持《も》ってきたオモチャを机《つくえ》に積《つ》むと、その向《む》かいに腰掛《こしか》けた。

「で？　ご用件《ようけん》は？」

「は、はい…実《じつ》は…」

そう言《い》って始《はじ》まった男《おとこ》の説明《せつめい》を聞《き》いて、小五郎《こごろう》は思《おも》わず叫《さけ》んでしまう。

「お、お金《かね》が勝手《かって》に⁉」

「はい…二年《にねん》ほど前《まえ》から、毎月《まいつき》オモチャといっしょに、お金《かね》が送《おく》られて来《く》るんです…送《おく》り主《ぬし》の住所《じゅうしょ》も名前《なまえ》もデタラメで、なんだか気味《きみ》がわるくて…」

「ウーム、オモチャとお金《かね》かー…」

机《つくえ》の上《うえ》に積《つ》まれたオモチャの箱《はこ》を手《て》に取《と》りながら、小五郎《こごろう》がうなる。

「あなたには、お子《こ》さんはいらっしゃるんですか？」

「はい…五歳《ごさい》になったばかりの息子《むすこ》が一人《ひとり》…」

「じゃあ、知《し》り合《あ》いの方《かた》がこっそり息子《むすこ》さんに…」

「いえ…友人《ゆうじん》、知人《ちじん》、親戚中《しんせきじゅう》にもあたってみたんですが、誰《だれ》もそんな事《こと》はしてないと…」

男《おとこ》もわけがわからないようだ。

「それで…送《おく》られてくる金額《きんがく》は？」

「毎月《まいつき》、百万《ひゃくまん》ずつ送《おく》られてきて…今月《こんげつ》で、もう二千五百万《にせんごひゃくまん》に…」

「に、二千五百万円《にせんごひゃくまんえん》!?」

あまりの大金《たいきん》に、小五郎《こごろう》だけでなくコナンや蘭《らん》も驚《おどろ》いてしまう。

「い、いいじゃないですか、受《う》け取《と》っておけば…」

「そんな…送《おく》り主《ぬし》が誰《だれ》だかわからないのに、受《う》け取《と》れませんよ」

小五郎《こごろう》は、半分場《はんぶんば》をなごませるつもりでそう言《い》ったが、男《おとこ》は少《すこ》し苛立《いらだ》ったようだ。

「息子《むすこ》は、毎月《まいつき》オモチャが送《おく》られてくるので喜《よろこ》んでいますが、お金《かね》の方《ほう》は、気持《きも》ちわるくていっさい手《て》を付《つ》けていません…」

「本当《ほんとう》に心当《こころあ》たりはないんですか？」

「は、はい…」

なんとも不思議《ふしぎ》な話《はなし》だが、手掛《てが》かりがなにもないのでは捜査《そうさ》のしようがない。

と、その時《とき》。

「おじさんの昔《むかし》の患者《かんじゃ》さんなんじゃないの？」

「え？」

突然《とつぜん》の質問《しつもん》に蘭《らん》が驚《おどろ》く。というのも、そう男《おとこ》に問《と》いかけたのは、すぐそばで話《はなし》を聞《き》いていたコナンだったからだ。

「か、患者《かんじゃ》…？」

小五郎《こごろう》が聞《き》くと、コナンは男《おとこ》に笑顔《えがお》で言《い》った。

「だって、おじさん、外科《げか》のお医者《いしゃ》さんでしょ？」

「あ、ああ…」

男《おとこ》が頷《うなず》くと、コナンは小五郎《こごろう》の方《ほう》を見《み》た。

「だったら、おじさんが助《たす》けた患者《かんじゃ》さんが、お礼《れい》に送《おく》って来《き》てもおかしくないよね！」

「た、確《たし》かに…それなら考《かんが》えられますな…」

「は、はい…私《わたし》もそう思《おも》って心当《こころあ》たりの患者《かんじゃ》にも聞《き》いてみたんですが、誰《だれ》も…」

そこまでしゃべってから、男《おとこ》は急《きゅう》に口《くち》をつぐみ、少《すこ》しだけ首《くび》を捻《ひね》る。

「あれ…いいました？　私《わたし》が外科医《げかい》だって…」

「!?」

言《い》われてみると、男《おとこ》は事務所《じむしょ》に来《き》てから職業《しょくぎょう》どころか名前《なまえ》も名乗《なの》っていない。にもかかわらず、コナンはまるで最初《さいしょ》からこの男《おとこ》が医者《いしゃ》だと知《し》っていたかのようだ。

「ど、どうしてわかったの、コナン君《くん》？」

慌《あわ》てて蘭《らん》が聞《き》くと、コナンは男《おとこ》を指差《ゆびさ》した。

「おじさんの両手《りょうて》の人差《ひとさ》し指《ゆび》だよ！」

「指《ゆび》？」

「ほら、指《ゆび》の先《さき》に斜《なな》めに跡《あと》が残《のこ》ってるでしょ？」

コナンの言《い》う通《とお》り、男《おとこ》の両手《りょうて》の人差《ひとさ》し指《ゆび》の先《さき》に、細《ほそ》くて長《なが》い跡《あと》がついていた。さっき男《おとこ》が手《て》を差《さ》し出《だ》した時《とき》に気《き》づいたものだ。

「外科医《げかい》の人《ひと》は、手術《しゅじゅつ》の時《とき》、細《ほそ》い糸《いと》を両手《りょうて》の人差《ひとさ》し指《ゆび》でおさえながら強《つよ》く結《むす》んでいくんだ…だから、人差《ひとさ》し指《ゆび》の先《さき》に跡《あと》が残《のこ》ってしまうんだよ…」

さらにコナンは、男《おとこ》の手《て》のひらを自分《じぶん》の顔《かお》の前《まえ》に持《も》ち上《あ》げ、鼻《はな》をひくつかせた。

「それに、手《て》に消毒液《しょうどくえき》の臭《にお》いが少《すこ》し残《のこ》っているしね…」

「ほ、本当《ほんとう》ですか？」

驚《おどろ》きながら小五郎《こごろう》が聞《き》くと、男《おとこ》は「え、ええ…」と頷《うなず》いた。

「ちょうど今朝《けさ》、緊急《きんきゅう》のオペがあったもので…。しかしよくわかったね、ボウヤ…」

「へへへ…」

「こいつはくだらん事《こと》をよく知《し》っとるんですよ…」

小五郎《こごろう》が少《すこ》し呆《あき》れた顔《かお》をするが、蘭《らん》はコナンの推理《すいり》に感心《かんしん》していた。

「でも、すごいよコナン君《くん》!!　今《いま》のはまるで…」

蘭《らん》はそこで口《くち》ごもってしまう。

(まるで…)

頭《あたま》の中《なか》に、トロピカルランドで最後《さいご》に会《あ》った時《とき》のあいつの言葉《ことば》が浮《う》かんでくる。

＊＊＊

「あなた、体操部《たいそうぶ》に入《はい》ってますすね？」

「なーんて、本当《ほんとう》は、さっきあの人《ひと》のスカートが風《かぜ》でめくれた時《とき》に見《み》ちゃったのさ！　段違《だんちが》い平行棒《へいこうぼう》経験者《けいけんしゃ》の足《あし》の付《つ》け根《ね》にできる、独特《どくとく》のアザをな…」

「どんな時《とき》でも観察《かんさつ》を怠《おこた》らないのが探偵《たんてい》の基本《きほん》だぜ…」

＊　＊　＊

わずかな手掛《てが》かりから、その人《ひと》の職業《しょくぎょう》まで当《あ》ててしまう華麗《かれい》な推理《すいり》。コナンが披露《ひろう》したそれは、高校生探偵《こうこうせいたんてい》で、蘭《らん》の幼《おさ》なじみでもある工藤新一《くどうしんいち》のようだった。

（新一《しんいち》みたい…）

（でも…まさか…まさかね…）

自分《じぶん》の頭《あたま》の中《なか》に浮《う》かんだ突拍子《とっぴょうし》もないアイデアに我《われ》ながら呆《あき》れつつ、蘭《らん》はコナンを見《み》つめる。

「ウーム…知《し》り合《あ》いでも患者《かんじゃ》でもないとすると…まったく見当《けんとう》もつきませんな…」

小五郎《こごろう》はタバコをふかしながら、考《かんが》える。

「なにか、ほかに手掛《てが》かりのような物《もの》は…」

「そういえば…手掛《てが》かりといえるかどうかわかりませんが…これが今日届《きょうとど》いた封筒《ふうとう》

です…」

そう言《い》いながら、男《おとこ》はスーツの内《うち》ポケットから封筒《ふうとう》を取《と》り出《だ》した。宛名《あてな》には「小《お》川雅行様《がわまさゆきさま》」と書《か》かれている。これがこの男《おとこ》の名前《なまえ》のようだ。

小五郎《こごろう》は封筒《ふうとう》を広《ひろ》げて中《なか》を見《み》る。一万円札《いちまんえんさつ》が束《たば》になって入《はい》っていた。

「フム…お金《かね》が入《はい》っている以外《いがい》は、別《べつ》に変《か》わったところはないようですが…」

「いえ…いつもはこういう大《おお》きな包《つつ》みで、オモチャといっしょにお金《かね》が入《はい》っているんです…」

小川《おがわ》は箱《はこ》といっしょに持《も》ってきた大《おお》きな包《つつ》み紙《がみ》を広《ひろ》げて見《み》せる。

「ですが、今日《きょう》にかぎって小《ちい》さな封筒《ふうとう》にお金《かね》と妙《みょう》な手紙《てがみ》が入《はい》っているだけで…」

「手紙《てがみ》…？」

確《たし》かに、札束《さつたば》と封筒《ふうとう》の間《あいだ》に、折《お》りたたまれた紙《かみ》が入《はい》っている。それを抜《ぬ》き出《だ》して開《ひら》いてみると、途端《とたん》に小五郎《こごろう》の顔《かお》に緊張《きんちょう》が走《はし》った。

「!?」

二千五百万円《にせんごひゃくまんえん》
払《はら》い終《お》わりました
引《ひ》き替《か》えに
いただきに参《まい》ります

「どーいう意味《いみ》ですか、これは…？」

「さあ…私《わたし》にもさっぱり…」

首《くび》を捻《ひね》る二人《ふたり》を見《み》ていたコナンは、急《きゅう》に、ある事《こと》に気付《きづ》いた。次《つぎ》のタバコを箱《はこ》から取《と》り出《だ》そうとしている小五郎《こごろう》に呼《よ》びかける。

「ねえ、おじさん！　どうしてここにあるオモチャの箱《はこ》には、シマ模様《もよう》が入《はい》ってないの？」

「シマ模様《もよう》？」

「これだよ、これ！」

コナンは小五郎《こごろう》が持《も》っていたタバコの箱《はこ》を指差《ゆびさ》す。

「んー？」

タバコの箱《はこ》の側面《そくめん》には、コナンの言《い》う通《とお》り、白線《はくせん》と黒線《くろせん》の細《こま》かいシマ模様《もよう》が描《か》れていた。その時《とき》、小五郎《こごろう》はハッと気付《きづ》く。

「バーコードか⁉」

慌《あわ》てて机《つくえ》の上《うえ》に置《お》かれたオモチャの箱《はこ》を手《て》に取《と》り、確認《かくにん》する。

「た、確《たし》かに変《へん》だ…バーコードは、現在《げんざい》ほとんどの商品《しょうひん》に付《つ》いてるはずなのに、ここにある物《もの》には付《つ》いていない物《もの》が多《おお》い…」

「こんなオモチャ、今《いま》、お店《みせ》じゃ見《み》かけないよ…それに、かなりいたんでるのもあるみたいだし…」

コナンの言《い》う通《とお》り、オモチャは流行《はや》りから少《すこ》し過《す》ぎた物《もの》ばかりで、箱《はこ》によっては角《かど》が歪《ゆが》んでいる物《もの》もあった。

「そういえば、送《おく》られてきた時《とき》からキズが付《つ》いていたり、中《なか》には壊《こわ》れている物《もの》もありました…」

「ええっ⁉」

見知《みし》らぬ人《ひと》からオモチャが送《おく》られて来《く》るだけでも変《へん》な状況《じょうきょう》なのに、その上《うえ》オモチャはどれも古《ふる》い物《もの》ばかり。小川《おがわ》はますます混乱《こんらん》して焦《あせ》った声《こえ》になる。

「じゃあ、送《おく》り主《ぬし》は、少《すく》ないお金《かね》で無理《むり》をして買《か》った中古品《ちゅうこひん》を、私《わたし》の息子《むすこ》に与《あた》えたって事《こと》ですか？」

「いや、相手《あいて》は毎月《まいつき》、百万《ひゃくまん》ずつ送《おく》って来《く》るお金持《かねも》ちだ‼　新品《しんぴん》を買《か》えないわけはない‼　つまりこの送《おく》り主《ぬし》は、わざとあなたに中古品《ちゅうこひん》、あるいはかなり前《まえ》から買《か》っておいた物《もの》を送《おく》りつけていたわけですよ‼　大金《たいきん》といっしょにね‼」

「ど、どうしてそんな事《こと》を？」

確《たし》かに、理由《りゆう》がさっぱりわからない。小五郎《こごろう》は肩《かた》をすくめて答《こた》えた。

「おそらく、ただのイタズラでしょう…」

しかし、コナンはそうは思《おも》っていなかった。

(おかしい…イタズラにしては、手《て》が込《こ》みすぎている…それに、意味《いみ》もなく大金《たいきん》を送《おく》るはずがない!! そしてあの手紙《てがみ》…送《おく》り主《ぬし》の狙《ねら》いはいったい…!?)

「しかし、見事《みごと》な推理《すいり》ですね、毛利《もうり》さん…」

すべての謎《なぞ》が解明《かいめい》されたわけではないが、小川《おがわ》は感心《かんしん》したように小五郎《こごろう》に言《い》った。

「なーに、これくらい」

高笑《たかわら》いする小五郎《こごろう》と、その横《よこ》で考《かんが》え込《こ》むコナン。

一方《いっぽう》、それまでのやりとりをずっと後《うし》ろから見《み》つめていた蘭《らん》は、(ちがう…)と心《こころ》の中《なか》で呟《つぶや》いた。

(今《いま》のはお父《とう》さんの推理《すいり》じゃない…みんなコナン君《くん》に誘導《ゆうどう》されて…)

さっきは突拍子《とっぴょうし》もないと思《おも》っていたあるアイデアが、また頭《あたま》をもたげてきた。

(ま、まさか!?)

アゴに手《て》を置《お》いて考《かんが》え込《こ》むコナンに、蘭《らん》の幼《おさな》なじみの男《おとこ》の子《こ》の姿《すがた》が重《かさ》なる。

(まさか、この子《こ》…)

CASE 2
ま、
まさか!?
まさかこの子《こ》…

小《しょう》説《せつ》 名《めい》探《たん》偵《てい》コナン

NOVEL

DETECTIVE CONAN

小五郎《こごろう》はしばらくの間《あいだ》オモチャや手紙《てがみ》を観察《かんさつ》していたが、最終的《さいしゅうてき》に小川《おがわ》の相談《そうだん》に危険《きけん》な事《こと》はないだろうと判断《はんだん》し、彼《かれ》に言《い》った。

「心配《しんぱい》いりませんよ小川《おがわ》さん…ただのイタズラですよ…」

机《つくえ》の上《うえ》に積《つ》まれたオモチャの一《ひと》つを手《て》に取《と》る。

「たぶん相手《あいて》は、毎月《まいつき》お金《かね》と中古品《ちゅうこひん》のオモチャが送《おく》られて来《き》て、オロオロするあなたをおもしろがっているだけでしょう…気《き》にする事《こと》はありませんよ…」

だが、小川《おがわ》の方《ほう》はまだ不安《ふあん》が残《のこ》っているようだった。

「し、しかし…送《おく》り主《ぬし》が誰《だれ》なのかわかりませんと、こちらとしても…」

「フム…そりゃーそーですな…」

小川《おがわ》の言《い》う通《とお》り、イタズラだとしても送《おく》り主《ぬし》が誰《だれ》なのかは調《しら》べておきたい。

「そういえば、包《つつ》みには送《おく》り主《ぬし》の住所《じゅうしょ》と名前《なまえ》が書《か》いてあるといわれてましたが…」

「はい…いつもこの住所《じゅうしょ》と名前《なまえ》で…」

小川《おがわ》は何枚《なんまい》かの包装紙《ほうそうし》を取《と》り出《だ》して小五郎《こごろう》に渡《わた》した。オモチャが配送《はいそう》されてきた時《とき》に使《つか》われていたであろうそれらの紙《かみ》には、どれも「田中太郎《たなかたろう》」という名前《なまえ》とその横《よこ》に小《ちい》さく住所《じゅうしょ》が書《か》かれていた。

「でも…こんな住所《じゅうしょ》、実際《じっさい》にはありませんし、名前《なまえ》にも心当《こころあ》たりは…」

「ウーーム…住所《じゅうしょ》がデタラメなら、おそらくこの名前《なまえ》も偽名《ぎめい》でしょう…となると、残《のこ》る手掛《てが》かりは…今日届《きょうとど》いた封筒《ふうとう》にお金《かね》といっしょに入《はい》っていた…この手紙《てがみ》だけだが…」

さきほど渡《わた》された手紙《てがみ》を再《ふた》びにらみつける。すると。

「ねえ、もしかしてこの送《おく》り主《ぬし》、小川《おがわ》さんから何《なに》か買《か》おうとしてんじゃないの？」

「え？」

急《きゅう》に耳元《みみもと》で聞《き》こえた声《こえ》に振《ふ》り返《かえ》ると、いつの間《ま》にかコナンがソファをよじ登《のぼ》り、小五郎《こごろう》の肩越《かたご》しに手紙《てがみ》を見《み》つめていた。

「ほら、読《よ》みようによってはそうとれなくもないよ…」

言《い》われて、もう一度文面《いちどぶんめん》を見《み》る。「二千五百万円払《にせんごひゃくまんえんはら》い終《お》わりました　引《ひ》き替《か》えにいただきに参《まい》ります」という文章《ぶんしょう》は、確《たし》かに、何《なに》かを買《か》おうとしているようにも読《よ》めた。

「そ、そうだな…」

小五郎《こごろう》が頷《うなず》く横《よこ》で、蘭《らん》がじっとコナンを見《み》つめている。小五郎《こごろう》は小川《おがわ》に聞《き》いた。

「小川《おがわ》さん…あなたの身《み》のまわりで二千五百万相当《にせんごひゃくまんそうとう》の物《もの》が何《なに》かありますか？」

「そ、そんな高価《こうか》な物《もの》は我《わ》が家《や》には…」

小川《おがわ》は戸惑《とまど》いながら少《すこ》し考《かんが》える。すると、急《きゅう》にはっとした顔《かお》になり、

「そういえば…私《わたし》の勤《つと》めている病院《びょういん》に祖父《そふ》から譲《ゆず》り受《う》けた絵《え》が飾《かざ》ってあります…あの絵《え》は確《たし》か…二千万《にせんまん》ぐらいの価値《かち》があると聞《き》きましたが…」

「そ、それだ!!!」

小五郎《こごろう》は自信満々《じしんまんまん》に自分《じぶん》の推理《すいり》を披露《ひろう》した。

「おそらく送《おく》り主《ぬし》はあなたにその絵《え》を売《う》ってほしいんですよ!!」

「ええ!?」

「だからあなたの機嫌《きげん》を取《と》るために、息子《むすこ》さんに毎月《まいつき》プレゼントを送《おく》っていたんだ!! まちがいない!!!」

そこにタイミング良《よ》く、コナンが二人《ふたり》に話《はな》しかけた。

「とにかく病院《びょういん》に行《い》ってその絵《え》を見《み》てみようよ! 何《なに》かわかるかもしれないよ!」

その言葉《ことば》に押《お》されるように、小五郎《こごろう》と小川《おがわ》は自然《しぜん》と立《た》ち上《あ》がった。

「よろしいですか?」

「は、はい…構《かま》いませんが…」

その様子《ようす》を、少《すこ》し離《はな》れた所《ところ》に立《た》っていた蘭《らん》は、緊張《きんちょう》した面持《おもも》ちで見《み》つめていた。

蘭《らん》とコナン、小五郎《こごろう》、そして小川《おがわ》は、小川《おがわ》が勤《つと》める米花総合病院《べいかそうごうびょういん》にやってきた。

中《なか》に入《はい》るなり小五郎《こごろう》が院内《いんない》を見渡《みわた》しながら感心《かんしん》した声《こえ》を上《あ》げる。

「しかし大《おお》きな病院《びょういん》ですなー——」

平日《へいじつ》にもかかわらず、エントランスは沢山《たくさん》の患者《かんじゃ》が診察《しんさつ》の順番《じゅんばん》を待《ま》っていた。先頭《せんとう》を歩《ある》いている小川《おがわ》が振《ふ》り返《かえ》り、小五郎《こごろう》に答《こた》えた。

「はい…私《わたし》も三年前《さんねんまえ》に初《はじ》めてここに来《き》た時《とき》は驚《おどろ》きました…なにしろ田舎《いなか》の小《ちい》さな病院《びょういん》から移《うつ》って来《き》たもので…」

小川《おがわ》はエントランスの奥《おく》へ小五郎達《こごろうたち》を案内《あんない》する。と、前方《ぜんぽう》から若《わか》いナースが歩《ある》いてくるのが見《み》えた。包装紙《ほうそうし》にくるまれた、小《ちい》さなアサガオの鉢植《はちう》えを両手《りょうて》で抱《かか》えている。

「あ、小川先生《おがわせんせい》…」

ナースは小川《おがわ》が歩《ある》いているのに気付《きづ》くと、小走《こばし》りに近《ちか》づいて来《き》た。

「ん？」

「さっき先生宛《せんせいあて》にこんな花《はな》が届《とど》きましたよ…田中《たなか》さんって方《かた》から…」

そう言《い》って鉢植《はちう》えを渡《わた》したナースは、小五郎達《こごろうたち》に軽《かる》く会釈《えしゃく》をして去《さ》っていった。

小川《おがわ》は美《うつく》しく咲《さ》いたアサガオを見《み》つめながら、「やはり今年《ことし》も来《き》たか…」と呟《つぶや》いた。

小五郎《こごろう》が緊張《きんちょう》した表情《ひょうじょう》になる。

「ま、まさか田中《たなか》って…」

「ええ…同《おな》じ送《おく》り主《ぬし》です…。この花《はな》も二年前《にねんまえ》から送《おく》られてくるんですが、お金《かね》やオモチャと違《ちが》い年《ねん》に一回《いっかい》だけ病院《びょういん》に届《とど》くんです…それも決《き》まって8月《がつ》3日《か》にこのアサガオが…」

「ア、アサガオが……？」

オモチャや手紙《てがみ》の件《けん》以上《いじょう》に、送《おく》り主《ぬし》の意図《いと》が良《よ》くわからない。小五郎《こごろう》は考《かんが》える。

「花《はな》を送《おく》るという事《こと》は送《おく》り主《ぬし》は女性《じょせい》だという事《こと》も考《かんが》えられる…アサガオの花言葉《はなことば》は確《たし》か「はかない恋《こい》」…」

そんな事《こと》はないだろうとは思《おも》いつつ、小川《おがわ》に確認《かくにん》する。

「あなたまさか…二年前《にねんまえ》にどこかの女性《じょせい》と何《なに》か…」

「そ、そんなめっそうもない！」

小川《おがわ》は、妻子《さいし》ある身《み》として当然《とうぜん》のようにキッパリと否定《ひてい》した。小五郎《こごろう》は再《ふたた》び考《かんが》える。

「じゃあ8月《がつ》3日《か》が何《なに》かの記念日《きねんび》とか？　たとえば息子《むすこ》さんの誕生日《たんじょうび》…」

「いえ、息子《むすこ》の勇太《ゆうた》の誕生日《たんじょうび》は、12月《がつ》ですし…ほかにも思《おも》いあたる事《こと》はありませんが…」

首《くび》を捻《ひね》る小川《おがわ》。コナンは小川《おがわ》から鉢植《はちう》えを受《う》け取《と》り、赤《あか》や青《あお》の花《はな》を見《み》つめながら考《かんが》える。

（8月《がつ》3日《か》に、病院《びょういん》にアサガオか…）

そして次《つぎ》の手掛《てが》かりを見《み》つけるべく小五郎《こごろう》に話《はな》しかけた。

「ねえ、おじさん！　一応《いちおう》この先生《せんせい》が受《う》け持《も》った患者《かんじゃ》さんのカルテを見《み》せてもらったら？」

「え？」

「8月《がつ》3日《か》に関係《かんけい》ある患者《かんじゃ》さんかもしれないよ？」

「そ、そうだね…」

説明《せつめい》するコナンと納得《なっとく》する小五郎《こごろう》。そんな二人《ふたり》を蘭《らん》が少《すこ》し離《はな》れた所《ところ》から見《み》つめている。病院《びょういん》に来《き》てから蘭《らん》はずっと言葉少《ことばすく》なで、じっとコナンの様子《ようす》を観察《かんさつ》していた。

カルテについて小五郎《こごろう》が「見《み》せていただけますか？」と聞《き》くと、小川《おがわ》は慌《あわ》てて首《くび》を振《ふ》った。

「た、他人《たにん》にカルテを見《み》せる事《こと》はできないんですよ…それに、それらしい患者《かんじゃ》は私《わたし》がすでにあたってみましたし…」

「そこをなんとか！」

両手《りょうて》を合《あ》わせて頼《たの》み込《こ》むと、小川《おがわ》は悩《なや》んだ末《すえ》に了解《りょうかい》した。

「じゃあ他人《たにん》には秘密《ひみつ》にしといてくださいよ…」

「スミマセンな――」

保管庫《ほかんこ》へ道案内《みちあんない》する小川《おがわ》についていく小五郎《こごろう》とコナン。そのコナンの背中《せなか》を、険《けわ》しい表情《ひょうじょう》の蘭《らん》がじっと見《み》つめていた。

保管庫《ほかんこ》に着《つ》くと、小川《おがわ》が探《さが》してきたカルテの束《たば》を机《つくえ》の上《うえ》に置《お》き、それを小五郎《こごろう》が調《しら》べ始《はじ》めた。

「ど、どうですか…？　私《わたし》が、この三年間《さんねんかん》で担当《たんとう》したすべての患者《かんじゃ》のカルテを用意《ようい》したんですが…」

「ウーム…」

一冊《いっさつ》ずつ丁寧《ていねい》に確認《かくにん》していた小五郎《こごろう》は、カルテから目《め》を離《はな》さずに唸《うな》る。

「本当《ほんとう》にこの中《なか》にいないんですな？　例《れい》の絵《え》を欲《ほ》しがっている人《ひと》は…」

「はい…特《とく》にそんな方《かた》は…」

「ウーム…」

どうも、これはハズレだったようだと小五郎《こごろう》が思《おも》い始《はじ》めた時《とき》、小川《おがわ》が提案《ていあん》する。

「なんなら、その絵《え》をご覧《らん》になりますか？」

「そうですな…見《み》れば何《なに》かわかるかもしれない…」

小五郎《こごろう》はカルテを机《つくえ》に広《ひろ》げたまま立《た》ち上《あ》がり、小川《おがわ》といっしょに出口《でぐち》へ向《む》かった。

「患者《かんじゃ》の待《ま》ち合《あ》い所《じょ》に飾《かざ》ってあるんですよ…」

「ほ――」

蘭《らん》も二人《ふたり》についていこうとしたが、ふと後《うし》ろを見《み》ると、コナンが机《つくえ》の上《うえ》のカルテをじっと見《み》つめているのに気付《きづ》いた。

「……コ、コナン君《くん》は行《い》かないの？」

自然《しぜん》に言《い》ったつもりだが、思《おも》わず声《こえ》が上《うわ》ずってしまう。

「うん！　ボクここで待《ま》ってるよ…」

元気《げんき》にそう言《い》ったコナンに、蘭《らん》は「あ、そう…」と、ぎこちない笑顔《えがお》を返《かえ》した。

「じゃあおとなしく待《ま》ってるのよ…」

「うん！」

蘭《らん》は外《そと》に出《で》て、扉《とびら》を閉《し》めた。廊下《ろうか》の先《さき》の方《ほう》から、小川《おがわ》が絵《え》について小五郎《こごろう》に説明《せつめい》しているのが聞《き》こえる。

「いやー―あの絵《え》は患者《かんじゃ》にも評判《ひょうばん》が良《よ》くてねー―」

二人《ふたり》が角《かど》を曲《ま》がって見《み》えなくなるのを待《ま》ってから、蘭《らん》は音《おと》を立《た》てないように、静《しず》かに保管庫《ほかんこ》の扉《とびら》を開《あ》け、中《なか》をのぞき込《こ》んだ。すると。

(コ…コナン君《くん》⁉)

そこには、小五郎《こごろう》が置《お》きっぱなしにしていた患者《かんじゃ》のカルテの束《たば》を、片端《かたはし》から開《ひら》いては、もの凄《すご》い速度《そくど》でページをめくっているコナンの姿《すがた》があった。

(変《へん》よ‼　ただの小学生《しょうがくせい》にしては…行動《こうどう》がおかしすぎる‼)

蘭《らん》は同時《どうじ》に、コナンが居候《いそうろう》を始《はじ》めてから小五郎《こごろう》が解決《かいけつ》してきた幾《いく》つかの事件《じけん》でも、似《に》たような事《こと》があったことを思《おも》い出《だ》す。

(そういえばあの時《とき》も…あの時《とき》も…コナン君《くん》の一言《ひとこと》がきっかけで事件《じけん》が解決《かいけつ》していったわ…まるで新一《しんいち》が助言《じょげん》してるかのように…⁉)

蘭《らん》の想像《そうぞう》が更《さら》にふくらんでいく。

(そ、そうよ…新一《しんいち》がいなくなったあの日《ひ》…新一《しんいち》のかわりに家《いえ》にいたのは…コナン君《くん》!?)

コナンはカルテを読《よ》み込《こ》むのに夢中《むちゅう》で、蘭《らん》に見《み》られている事《こと》に気付《きづ》いていない。

(まさか本当《ほんとう》に…この子《こ》…新一《しんいち》なんじゃ!?)

そんなことあるわけがないと思《おも》いながらも、その疑念《ぎねん》を確《たし》かめずにはいられなかった。蘭《らん》はそっと保管庫《ほかんこ》の中《なか》に入《はい》り、静《しず》かに扉《とびら》を閉《し》めた。

(よ——し…)

ようやくすべてのカルテの確認《かくにん》を終《お》えたらしいコナンが、「ふ〜〜〜っ…」と息《いき》をついている所《ところ》に、蘭《らん》は笑顔《えがお》で近《ちか》づく。

「コラ、ダメじゃない。勝手《かって》にカルテいじっちゃ…」

「ら、蘭《らん》ねえちゃん…」

見《み》られていた事《こと》に気付《きづ》いたコナンは、少《すこ》し焦《あせ》りながら蘭《らん》に答《こた》える。

「また何《なに》か見《み》つけたの?」

「う、うん…ちょっとね…ほら、さっき年《ねん》に一回病院《いっかいびょういん》に花《はな》が届《とど》くっていってたでしょ？　それもきまって8月《がつ》3日《か》に…だからきっと送《おく》り主《ぬし》は、昔《むかし》、その8月《がつ》3日《か》にこの病院《びょういん》で何《なに》かあった患者《かんじゃ》さんだと思《おも》うんだ…」

「ふん、ふん…」

蘭《らん》は興味深《きょうみぶか》げに――コナンが話《はな》しやすいように――頷《うなず》いた。

「お金《かね》とオモチャや、花《はな》が届《とど》き始《はじ》めたのは二年前《にねんまえ》からだから、ここ二年間《にねんかん》に新《あたら》しく患者《かんじゃ》になった人《ひと》をのぞくと、小川《おがわ》さんがここに勤《つと》め始《はじ》めた三年前《さんねんまえ》から二年前《にねんまえ》の間《あいだ》の一年間《いちねんかん》の患者《かんじゃ》に絞《しぼ》られるんだ…その中《なか》で8月《がつ》3日《か》に関係《かんけい》ある人《ひと》といえばこの八人《はちにん》…つまり…」

コナンは幾《いく》つかの山《やま》に分《わ》けたカルテの束《たば》の、それぞれ一番上《いちばんうえ》のページを開《ひら》いた。

「その日《ひ》に手術《しゅじゅつ》が成功《せいこう》した人《ひと》か…その日《ひ》に入院《にゅういん》または退院《たいいん》した人《ひと》…あるいは……」

三《みっ》つ目《め》の山《やま》については多《おお》くは説明《せつめい》せず、蘭《らん》に振《ふ》り返《かえ》る。

「でも普通《ふつう》、人《ひと》に花《はな》や物《もの》を送《おく》るって事《こと》は、その人《ひと》に感謝《かんしゃ》してるって事《こと》だよね？」

「そ、そうね…」

蘭《らん》は内心《ないしん》の緊張《きんちょう》を悟《さと》られないように、無理《むり》に笑顔《えがお》を作《つく》った。

「そうすると、送《おく》られて来《く》る金額《きんがく》からして送《おく》り主《ぬし》と思《おも》われるのは…三年前《さんねんまえ》の8月《がつ》3日《か》に大《おお》きな手術《しゅじゅつ》をした岡田真紀《おかだまき》さんと、大病《たいびょう》が完治《かんち》してめでたく退院《たいいん》した和田博《わだひろし》さんの二人《ふたり》になるんだけど…どーもひっかかるんだ…あの手紙《てがみ》が……」

送《おく》り主《ぬし》が二人《ふたり》まで絞《しぼ》られたはずなのに、コナンの表情《ひょうじょう》は優《すぐ》れなかった。蘭《らん》は元気《げんき》にコナンに話《はな》しかける。

「でも、そこまでわかるなんてすごいよ!!　さすが…」

蘭《らん》は、思《おも》いきって言《い》った。

「さすが新一《しんいち》ね！」

コナンは思《おも》わず照《て》れて頭《あたま》をかく。

「へへへ…まぁ…」

(……え⁉)

その途端《とたん》、それまで笑顔《えがお》だった蘭《らん》が、目《め》を見開《みひら》いてコナンを見《み》つめた。

そして、ようやくコナンは蘭《らん》の思惑《おもわく》に気付《きづ》いた。蘭《らん》は、コナンが「新一《しんいち》」と呼《よ》ばれてどう反応《はんのう》するかを試《ため》したのだ！

「や、やっぱりあなた…新一《しんいち》…」

「な、な、な、なにいってんだよ蘭《らん》ねえちゃん。ボ、ボ、ボクの名前《なまえ》はコナンだよ！　コナン‼（やっべぇ――っ‼　きづかれた〜〜〜っ!!!）」

思《おも》い詰《つ》めた視線《しせん》を向《む》ける蘭《らん》に対《たい》し、必死《ひっし》にごまかす。

「やだなーもう…アハハ…」

引《ひ》きつった笑顔《えがお》でごまかしながら、内心《ないしん》では必死《ひっし》にこの状況《じょうきょう》をどう乗《の》り切《き》るか考《かんが》える。

(ま、まずい…オレの正体《しょうたい》が工藤新一《くどうしんいち》だという事《こと》がバレたらまた奴《やつ》らがオレの命《いのち》を狙《ねら》って来《く》る…変《へん》な薬《くすり》でオレの体《からだ》を小《ちい》さくした、あの黒《くろ》ずくめの男達《おとこたち》が!!!)

蘭《らん》はまだ半信半疑《はんしんはんぎ》なのか、腰《こし》をかがめてコナンを見《み》つめ続《つづ》けている。

(そ、それに危《あぶ》ないのはオレだけじゃない!! オレのまわりにいる蘭達《らんたち》にも危害《きがい》が及《およ》ぶ可能性《かのうせい》がある…)

そして、一番危険《いちばんきけん》が及《およ》んで欲《ほ》しくないのは、目《め》の前《まえ》にいるこの幼《おさな》なじみだった。

(なんとか……なんとかごまかさなきゃ…)

とはいえ、どうすればいいのだろう? 蘭《らん》の決意《けつい》に満《み》ちた視線《しせん》にひるみ、コナンは無意識《むいしき》に後《あと》ずさる。すると、なにかが背中《せなか》にガサリと触《ふ》れた。振《ふ》り返《かえ》ると、そこには大《おお》きな紙袋《かみぶくろ》が置《お》かれていた。

(こ、これは小川《おがわ》さんがもって来《き》たオモチャ…よーし こうなったら…)

蘭《らん》に見《み》つめられながら、コナンは急《いそ》いで紙袋《かみぶくろ》の中身《なかみ》を漁《あさ》り、適当《てきとう》なオモチャを取《と》り出《だ》した。

「わ――ゲームマンだ――♡ お――っ「ヤイバの大冒険《だいぼうけん》」もあるぞ――!!」

いかにも『オモチャを見《み》つけて喜《よろこ》んでいる子供《こども》』を装《よそお》い、携帯《けいたい》ゲーム機《き》にソフトを差《さ》して遊《あそ》び始《はじ》める。

「いけーーヤイバ!!　鬼丸《おにまる》をやっつけろーー!!」

ちらちらと蘭《らん》の方《ほう》にも『無邪気《むじゃき》な子供《こども》』っぽい笑顔《えがお》を向《む》ける。

「おもしろーい♡　エヘヘーー♡」

しかし、蘭《らん》にはその演技《えんぎ》は通用《つうよう》しなかった。

(わ、わざとらしい!!!　よけい怪《あや》しいわ!　やっぱりコナン君《くん》は新一《しんいち》なんじゃ…)

床《ゆか》に座《すわ》り込《こ》んでゲームに熱中《ねっちゅう》している(ように見《み》える)コナンをにらみながら蘭《らん》は考《かんが》える。

(でもどうしてこんなに小《ちい》さく…?　SF《エスエフ》じゃあるまいし…こんな不思議《ふしぎ》な事《こと》ってありえない…)

そう。それが一番《いちばん》の問題《もんだい》だった。それもあって、蘭《らん》はコナンと新一《しんいち》が同一人物《どういつじんぶつ》だと信《しん》じ切《き》れずにいる。

と、その時《とき》。

蘭《らん》にはそれ以上《いじょう》に重要《じゅうよう》な問題《もんだい》が存在《そんざい》する事《こと》に気付《きづ》いてしまった。

(!?)

(ちょ、ちょっとまってよ…)

蘭《らん》はコナンと初《はじ》めて会《あ》った時《とき》の事《こと》を思《おも》い出《だ》す。自分《じぶん》の家《いえ》で預《あず》かる事《こと》になったコナンと手《て》を繋《つな》ぎながらの帰《かえ》り道《みち》の事《こと》だ。

＊　＊　＊

「コナン君《くん》は好《す》きな子《こ》いる?」

「え?」

(もし　そうだとしたら…)

「わたしはいるよ！」

「へ──」

（確《たし》か…）

「それ、ひょっとして新一《しんいち》って兄《にい》ちゃんの事《こと》じゃないの？」

（確《たし》かあの時《とき》…）

「そうよ！」

（え──っ!!）

＊　＊　＊

自分《じぶん》で言《い》った言葉《ことば》を思《おも》い出《だ》した蘭《らん》の顔《かお》が瞬時《しゅんじ》に真《ま》っ赤《か》になる。しかし、頭《あたま》の中《なか》では会話《かいわ》の続《つづ》きが勝手《かって》に再生《さいせい》されていく。

＊＊＊

「ちっちゃい頃《ころ》からいじわるで…いつも自信《じしん》たっぷりで推理《すいり》オタクだけど…」

（わ――っ！　わ――！）

「いざという時《とき》に頼《たよ》りになって…勇気《ゆうき》があってカッコよくて…」

（あ…あ…）

「わたし新一《しんいち》がだーい好《す》き♡」

＊　＊　＊

（きゃあああっ!!!）

熱《ねつ》を持《も》った両《りょう》の頬《ほお》を押《お》さえて、心《こころ》の中《なか》で大絶叫《だいぜっきょう》。そう。あの時《とき》蘭《らん》は、確《たし》かにコナンに言《い》ったのだ。「新一《しんいち》がだーい好《す》き♡」だと！

一方《いっぽう》コナンは、蘭《らん》があまりの恥《は》ずかしさに顔《かお》から湯気《ゆげ》を立《た》ち上《のぼ》らせている様子《ようす》にも気付《きづ》かず、携帯《けいたい》ゲーム機《き》で楽《たの》しく遊《あそ》んでいるフリを続《つづ》けていた。

「あちゃゲームオーバーだー！　ねえ…蘭《らん》ねえちゃんもやる？」

そろそろごまかせたかなと思《おも》いつつ振《ふ》り向《む》くと、心《こころ》ここにあらずの蘭《らん》がぼんやり

「え？」と聞《き》き返《かえ》してくる。

「好《す》きでしょ？　こーいうの…」

「好《す》…」

頭《あたま》に入《はい》ってこないコナンの言葉《ことば》を繰《く》り返《かえ》そうとした時《とき》、また頭《あたま》の中《なか》に幼《おさな》なじみの

男《おとこ》の子《こ》の顔《かお》が浮《う》かび、思《おも》わず叫《さけ》んでしまう。

「好《す》きじゃないわよ!!　勘違《かんちが》いしないでよね――!!!」

「そ、そお〰〰」

どうして蘭《らん》がそこまで怒《おこ》るのかさっぱりわからなかったが、どうやらごまかせたようだった。

「じゃ、じゃあボク　続《つづ》きやろーっと…」

息《いき》を荒《あら》くしている蘭《らん》を横目《よこめ》に、コナンはもう少《すこ》しの間演技《あいだえんぎ》を続《つづ》けようと携帯《けいたい》ゲーム機《き》をのぞき込《こ》む。

「ん？」

操作《そうさ》を間違《まちが》えたのか、画面《がめん》がセーブメニューに移《うつ》っていた。幾《いく》つかのセーブデータが並《なら》び、前《まえ》に遊《あそ》んでいた子《こ》が設定《せってい》したであろうキャラクターの名前《なまえ》が表示《ひょうじ》されている。

「『オギノ　トモヤ』？」

(あれ？　確《たし》か小川医師《おがわいし》の息子《むすこ》さんの名前《なまえ》は…勇太《ゆうた》だったよな…)

画面《がめん》をスクロールさせると、どのセーブデータも「オギノ　トモヤ」がキャラクターの名前《なまえ》になっていた。

(息子《むすこ》さんがこのゲームで遊《あそ》んでいたとしたら、普通自分《ふつうじぶん》の名前《なまえ》か好《す》きなキャラの名前《なまえ》を入《い》れるよな…じゃあこの「オギノトモヤ」ってなんなんだ？　オギノトモヤ…オギノトモヤ…この名前《なまえ》どっかで…)

つい最近見《さいきんみ》たはずの名前《なまえ》だった。必死《ひっし》に思《おも》い出《だ》そうとする。

(!?　そ、そうだ!!　確《たし》かさっき見《み》たカルテの中《なか》に、確《たし》か…)

机《つくえ》の上《うえ》に積《つ》まれたカルテの山《やま》に手《て》を伸《の》ばす。三《みっ》つ目《め》の山《やま》だった。

(確《たし》か…あった！　荻野智也五歳《おぎのともやごさい》!!　小川医師《おがわいし》の手術《しゅじゅつ》の後《あと》に死《し》んでいる…それも三《さん》年前《ねんまえ》の8月《がつ》3日《か》に…)

コナンがより分《わ》けた三《みっ》つ目《め》のカルテの山《やま》は、8月《がつ》3日《か》に死亡《しぼう》した患者《かんじゃ》のものだった。

（まてよ…小川医師《おがわいし》が依頼《いらい》したのは…二年前《にねんまえ》から毎月《まいつき》、お金《かね》と中古《ちゅうこ》のオモチャが知《し》らない相手《あいて》から送《おく》られて来《き》て、それとは別《べつ》に、同《おな》じ送《おく》り手《て》から毎年《まいとし》8月《がつ》3日《か》に病院《びょういん》に花《はな》が届《とど》けられるという奇妙《きみょう》な事件《じけん》…そして今日《きょう》、8月《がつ》3日《か》にお金《かね》とあの手紙《てがみ》…）

8月《がつ》3日《か》という共通点《きょうつうてん》から、様々《さまざま》な手掛《てが》かりが結《むす》びつけられていく。頭《あたま》の中《なか》でコナンの推理《すいり》が加速《かそく》し、やがて、一《ひと》つの結論《けつろん》に辿《たど》り着《つ》く。

（!? ま、まさか…まさかあの手紙《てがみ》の意味《いみ》は…）

それは最悪《さいあく》の結論《けつろん》だった。ただし、まだそうと決《き》まったわけではない。急《いそ》いで蘭《らん》に向《む》かって叫《さけ》ぶ。

「蘭《らん》!! 急《いそ》いで小川医師《おがわいし》をここに連《つ》れて来《き》てくれ!!」

「え？」

いつもとは明《あき》らかに違《ちが》うコナンの雰囲気《ふんいき》に蘭《らん》がたじろぐ。一刻《いっこく》を争《あらそ》う状況《じょうきょう》という事《こと》もあり、コナンは蘭《らん》の事《こと》をいつもの「蘭《らん》ねえちゃん」ではなく、新一《しんいち》だった時《とき》のように呼《よ》んでしまった事《こと》にも気付《きづ》いていなかった。

「早《はや》く!!!」

「う、うん…」

コナンの気迫《きはく》に押《お》され、蘭《らん》も緊急事態《きんきゅうじたい》だという事《こと》がわかり、急《いそ》いで小川《おがわ》を呼《よ》びに行《い》った。


(絶対《ぜったい》そうよ!!)

制服姿《せいふくすがた》で病院《びょういん》の廊下《ろうか》を全速力《ぜんそくりょく》で走《はし》りながら、蘭《らん》は考《かんが》える。

(あの口調《くちょう》、あの行動《こうどう》、あの推理力《すいりりょく》…どれをとっても…)

ナースや入院患者《にゅういんかんじゃ》が驚《おどろ》いて彼女《かのじょ》を見《み》つめるが、蘭《らん》にはそれどころではなかった。

(あれは新一《しんいち》! まちがいない!!!)

「ええっ送《おく》り主《ぬし》がわかった⁉」

蘭《らん》に呼《よ》ばれて保管庫《ほかんこ》に戻《もど》って来《き》た小五郎《こごろう》と小川《おがわ》は、コナンの話《はなし》を聞《き》いて思《おも》わず叫《さけ》んでいた。

「ほ、本当《ほんとう》かよ　おい…」

「きっと、この荻野智也君《おぎのともやくん》の親《おや》だと思《おも》うよ‼」

コナンがカルテを開《ひら》いて見《み》せると、小川《おがわ》は慌《あわ》てて記憶《きおく》を辿《たど》った。

「た、確《たし》かその子《こ》は三年前《さんねんまえ》に盲腸《もうちょう》で亡《な》くなった…」

小川《おがわ》によれば、盲腸《もうちょう》でも、発見《はっけん》が遅《おそ》ければごくまれに死《し》ぬことがあるのだという。

「あの時《とき》も病院《びょういん》に運《はこ》び込《こ》まれた時《とき》にはもう手遅《ておく》れで…その子《こ》のお父《とう》さんにはなかなか納得《なっとく》してもらえませんでしたけど…」

イマイチよくわかっていない小五郎《こごろう》はコナンに聞《き》く。

「でも、なんでそんな人《ひと》が小川《おがわ》さんに物《もの》を送《おく》るんだ？　感謝《かんしゃ》してプレゼントするんならわかるが…」

「ほら、これ見《み》てよ！　このゲームにセーブしてある名前《なまえ》…」

コナンに渡《わた》された携帯《けいたい》ゲーム機《き》の画面《がめん》をのぞき込《こ》んだ小五郎《こごろう》は、そこに書《か》かれた名前《なまえ》を見《み》て驚《おどろ》く。

「それは贈《おく》り物《もの》でも中古品《ちゅうこひん》でもない…三年前《さんねんまえ》に死《し》んだ荻野智也君《おぎのともやくん》の遺品《いひん》だ!!」

「オ、オギノトモヤ？　ど、どういう事《こと》だ？」

「な!?」

小五郎《こごろう》と小川《おがわ》の顔色《かおいろ》が変《か》わる。一刻《いっこく》を争《あらそ》う事態《じたい》だと焦《あせ》るコナンは急《いそ》いで説明《せつめい》した。

「つまり送《おく》り主《ぬし》は小川医師《おがわいし》に息子《むすこ》の形見《かたみ》の品《しな》を送《おく》り続《つづ》けていたんですよ!!　めいっぱいの恨《うら》みを込《こ》めて!!　そして毎年《まいとし》8月《がつ》3日《か》に病院《びょういん》に届《とど》いていた花《はな》は…息子《むすこ》の命日《めいにち》に供《そな》える花《はな》…」

そこまで聞《き》いて、ようやく小五郎《こごろう》も気付《きづ》いた。

「じゃ、じゃあまさか今日届《きょうとど》いた…あの手紙《てがみ》は…」

「そう…あれはおそらく…小川《おがわ》さんの息子《むすこ》さんの命《いのち》をもらいに行《い》くっていう意味《いみ》で

すよ!!　智也君《ともやくん》が死《し》んだ三年前《さんねんまえ》の今日《きょう》、8月3日《がつか》にね!!」

「ええっ!?」

驚愕《きょうがく》に目《め》を見開《みひら》く小川《おがわ》。小五郎《こごろう》はアゴを押《お》さえて「そうか…」と唸《うな》る。

「その父親《ちちおや》は、息子《むすこ》が死《し》んだのは小川先生《おがわせんせい》の手術《しゅじゅつ》のミスだと思《おも》い込《こ》んで逆恨《さかうら》みしてるっていう訳《わけ》だな…」

「そ、そんな…」

呆然《ぼうぜん》と立《た》ち尽《つ》くす小川《おがわ》に小五郎《こごろう》が聞《き》く。

「む、息子《むすこ》さんは今《いま》どこに?」

「た、たぶん家内《かない》が幼稚園《ようちえん》に迎《むか》えに行《い》っている頃《ころ》だと思《おも》いますが…」

「急《いそ》いで連絡《れんらく》を!!」

「は、はい…」

小川《おがわ》が慌《あわ》てて家《いえ》に電話《でんわ》をかけて妻《つま》に確認《かくにん》すると、驚《おどろ》くべき答《こた》えが返《かえ》ってきた。

「ええっ⁉　誰《だれ》かが迎《むか》えに来《き》た⁉」

受話器《じゅわき》の向《む》こうの妻《つま》も、戸惑《とまど》っているようだった。

『ええ…ついさっき父親《ちちおや》が迎《むか》えに来《き》たって…あなたじゃないんですか？』

「バ、バカな…」

コナンの推理《すいり》が的中《てきちゅう》したのは明白《めいはく》だった。

（まずい‼　早《はや》く見《み》つけ出《だ》さないと息子《むすこ》さんが…）

「ねえ！　その幼稚園《ようちえん》ってどこにあるの？」

震《ふる》える手《て》で受話器《じゅわき》を下《お》ろした小川《おがわ》に聞《き》く。

「こ、ここからさほど離《はな》れていませんが…」

（じゃあまだこの近《ちか》くに…よーし‼）

瞬時《しゅんじ》にコナンは病院《びょういん》の出口《でぐち》に向《む》かって走《はし》り出《だ》した。小五郎《こごろう》が叫《さけ》ぶ。

「お、おいコナン⁉」

病院《びょういん》の近《ちか》くにある米花公園《べいかこうえん》は、そろそろ陽《ひ》が落《お》ちかけていることもあって人影《ひとかげ》はまばらだった。

ベンチの近《ちか》くにスーツ姿《すがた》の中年男性《ちゅうねんだんせい》と、小《ち》さな男《おとこ》の子《こ》が立《た》っていた。中年男性《ちゅうねんだんせい》は帽子《ぼうし》を深《ふか》くかぶり、脱《ぬ》いだ上着《うわぎ》を腕《うで》にかけている。男《おとこ》の子《こ》は幼稚園《ようちえん》の帰《かえ》りなのだろう、水色《みずいろ》のスモックに黄色《きいろ》の帽子《ぼうし》をかぶり、肩掛《かたか》けのカバンを斜《なな》めに提《さ》げていた。

「ほらボウヤ…プレゼントだよ！」

中年男性《ちゅうねんだんせい》はそう言《い》って、綺麗《きれい》なリボンのかかったプレゼントの箱《はこ》を男《おとこ》の子《こ》に渡《わた》す。

「わ――っ！　ありがとうおじさん‼」

普通《ふつう》に見《み》れば親子《おやこ》のようだが、「ボウヤ」「おじさん」と呼《よ》び合《あ》っているので、どうやらそうではないらしい。男《おとこ》の子《こ》は地面《じめん》に座《すわ》り込《こ》み、リボンを解《ほど》きながら男性《だんせい》に笑顔《えがお》を向《む》けた。

「ねぇ、ホントにこの後《あと》いい所《ところ》に連《つ》れてってくれるの？」

「ああ…」

中年男性《ちゅうねんだんせい》はその男《おとこ》の子《こ》に返事《へんじ》をしながら体《からだ》は背《せ》を向《む》け、腕《うで》にかけていた上着《うわぎ》の中《なか》に隠《かく》していた物《もの》を取《と》り出《だ》した。それは、大《おお》きな出刃包丁《でばぼうちょう》だった。

（すぐに連《つ》れてってあげるよ…智也《ともや》のいる場所《ばしょ》にな…）

男性《だんせい》は、包丁《ほうちょう》の柄《え》をしっかり握《にぎ》り、包装紙《ほうそうし》をはがすのに夢中《むちゅう》になっている男《おとこ》の子《こ》に、少《すこ》しずつ近《ちか》づいていく。

（智也《ともや》…今《いま》まで一人《ひとり》でさびしかったろう…でも安心《あんしん》しろ智也《ともや》…すぐに智也《ともや》のもとへ仲間《なかま》を連《つ》れてってやる…今《いま》すぐにな…）


（どこだ!?　どこにいるんだ!?）

一方《いっぽう》、病院《びょういん》を飛《と》び出《だ》したコナン達《たち》四人《よにん》は必死《ひっし》に走《はし》り回《まわ》っていたが、まだ犯人《はんにん》も、小川《おがわ》の息子《むすこ》である勇太《ゆうた》も見《み》つけられずにいた。

(犯人《はんにん》が勇太君《ゆうたくん》をさらってから時間《じかん》はそんなに経《た》ってない!! まだこの近辺《きんぺん》にいるはずだ!!)

どんどん息《いき》が上《あ》がってきているのが自分《じぶん》でもわかった。けれど、足《あし》を止《と》める訳《わけ》にはいかない。

(くそぉ…早《はや》く見《み》つけないと勇太君《ゆうたくん》が…)

高台《たかだい》のカーブを描《えが》いた道《みち》を走《はし》っていたその時《とき》、小川《おがわ》が急《きゅう》に立《た》ち止《ど》まり、指《ゆび》を差《さ》して叫《さけ》んだ。

「!? あ、あれは……勇太《ゆうた》!!」

カーブの外側《そとがわ》、フェンスの向《む》こうの眼下《がんか》には米花公園《べいかこうえん》が広《ひろ》がっている。小川《おがわ》が指《ゆび》差《さ》した所《ところ》にはベンチが置《お》かれ、その横《よこ》に中年男性《ちゅうねんだんせい》と幼稚園児《ようちえんじ》の男《おとこ》の子《こ》の二人連《ふたりづ》れがいた。箱《はこ》から取《と》り出《だ》した飛行機《ひこうき》の模型《もけい》を大喜《おおよろこ》びで持《も》ち上《あ》げている男《おとこ》の子《こ》の後《うし》ろで、男性《だんせい》は長《なが》い出刃包丁《でばぼうちょう》を構《かま》えていた!

（やばい!!）

コナンは瞬時《しゅんじ》に周囲《しゅうい》を見渡《みわた》す。するとコナンと同《おな》い年《どし》くらいの男《おとこ》の子《こ》二人《ふたり》が地面《じめん》につけずにサッカーボールをパスしあう、リフティングパスの練習《れんしゅう》をしていた。あれだ！

（おーし、博士《はかせ》にもらった…このキック力増強《りょくぞうきょう》シューズで…）

体《からだ》をかがめてシューズの横《よこ》のダイヤルを回《まわ》す。シューズがキュンキュンと起動音《きどうおん》を発《はっ》し始《はじ》める。

地面《じめん》を蹴《け》ってコナンが走《はし》り出《だ》す。

「ハ!?　いかん!!」

小五郎《こごろう》が叫《さけ》ぶ。中年男性《ちゅうねんだんせい》が包丁《ほうちょう》を高《たか》く掲《かか》げ、男《おとこ》の子《こ》に向《む》けて振《ふ》り下《お》ろしたのだ！

コナンは空中《くうちゅう》に浮《う》かんだサッカーボールを胸《むね》でトラップし、驚《おどろ》く二人《ふたり》の男《おとこ》の子《こ》をよそ目《め》に、そのまま体《からだ》を回転《かいてん》させ、空中《くうちゅう》でオーバーヘッドキックを繰《く》り出《だ》した。

ゴオオオオオッ！

キック力増強《りょくぞうきょう》シューズの力《ちから》で、もの凄《すご》い威力《いりょく》を得《え》たサッカーボールは、フェンスを突《つ》き抜《ぬ》けて一直線《いっちょくせん》に公園《こうえん》に飛《と》んでいき、コナンの狙《ねら》った通《とお》りに男《おとこ》の手《て》を直撃《ちょくげき》し、包丁《ほうちょう》が弾《はじ》かれる！

「な、なんだ⁉」

なにが起《お》きたのかわからない小五郎《こごろう》。蘭《らん》が振《ふ》り返《かえ》ると、ちょうどコナンが地面《じめん》に降《お》りた所《ところ》だった。

「ふーっ…」

安堵《あんど》のため息《いき》をつくコナンを見《み》て、蘭《らん》はまたも驚《おどろ》く。

（ま、まさか今《いま》の…コナン君《くん》が⁉）

一行《いっこう》は急《いそ》いで公園《こうえん》にやってきた。

「勇太《ゆうた》ーっ!!」

「あっパパ!!」

小川《おがわ》を見《み》て笑顔《えがお》になる勇太《ゆうた》。しかし、男性《だんせい》が勇太《ゆうた》をガバリと捕《つか》まえ、拾《ひろ》い直《なお》した包丁《ほうちょう》を構《かま》える。

「動《うご》くな!!! 動《うご》くとわかってるだろな…」

駆《か》け寄《よ》ろうとしていた小五郎《こごろう》と小川《おがわ》の動《うご》きが止《と》まる。当《とう》の勇太《ゆうた》は自分《じぶん》の置《お》かれた状況《じょうきょう》がわかっていないようで、キョトンとした顔《かお》をしている。

「お、荻野《おぎの》さん…やはりあなたが…」

小川《おがわ》は男性《だんせい》に見覚《みおぼ》えがあるようだった。

「フン…そうだ、私《わたし》だ!! 三年前《さんねんまえ》におまえの手術《しゅじゅつ》ミスで殺《ころ》された、荻野智也《おぎのともや》の父親《ちちおや》だ!!!」

「あ、あれはミスじゃない!! 病院《びょういん》に運《はこ》ばれて来《き》た時《とき》にはもう…」

「だまれ!!」

小川《おがわ》は慌《あわ》てて説明《せつめい》しようとするが、荻野《おぎの》が大声《おおごえ》でさえぎってしまう。

「五歳《ごさい》になったばかりの息子《むすこ》を殺《ころ》された気持《きも》ちが……大事《だいじ》な大事《だいじ》な一人息子《ひとりむすこ》を失《うしな》った父親《ちちおや》の気持《きも》ちが…きさまにわかるか!?」

荻野《おぎの》は唇《くちびる》を吊《つ》り上《あ》げて「フ……」と、無理矢理《むりやり》に笑顔《えがお》を作《つく》った。

「残《のこ》ったのは息子《むすこ》の遺骨《いこつ》と、息子《むすこ》にかけていた保険金《ほけんきん》の二千五百万円《にせんごひゃくまんえん》だけだったよ…」

「だ、だから二千五百万《にせんごひゃくまん》を……」

「ああ、そうだ!! 二千五百万《にせんごひゃくまん》と引《ひ》き替《か》えに、息子《むすこ》を失《うしな》った悲《かな》しみをそのヤブ医者《いしゃ》にも味《あじ》わわせてやるためにな!! 息子《むすこ》の遺品《いひん》のオモチャと息子《むすこ》が好《す》きだったアサガオは、恨《うら》みを込《こ》めて送《おく》らせてもらったよ!!」

再《ふたた》び怒《いか》りの口調《くちょう》でまくし立《た》てる荻野《おぎの》を、彼《かれ》に肩《かた》をつかまれている勇太《ゆうた》が何《なに》かを考《かんが》えながらじっと見上《みあ》げていたが、荻野《おぎの》はそれに気付《きづ》かなかった。低《ひく》く笑《わら》ってこう言《い》った。

「そして今《いま》、すべてを終《お》わらせてやる…」

「や、やめてくれ　お願《ねが》いだ!!」

小川《おがわ》はそう叫《さけ》ぶと、その場《ば》に膝《ひざ》を突《つ》き、土下座《どげざ》の格好《かっこう》で荻野《おぎの》に頼《たの》み込《こ》んだ。

「何《なん》でもする!!　だから息子《むすこ》には手《て》を出《だ》さないでくれ!!　そうだ!!　かわりに私《わたし》を殺《ころ》してくれ!!　それで気《き》がすむのなら私《わたし》を!!」

必死《ひっし》に頼《たの》み込《こ》む小川《おがわ》を、荻野《おぎの》は苦《くる》しそうな表情《ひょうじょう》で見《み》つめていた。

「だ、だから息子《むすこ》だけは…息子《むすこ》だけは……」

誰《だれ》も、動《うご》けなかった。

が、その時《とき》。

「そっか――オモチャ送《おく》ってきてたの　おじさんだったたんだー!!」

ようやく理解《りかい》したという感《かん》じで、勇太《ゆうた》が叫《さけ》ぶ。そして、満面《まんめん》の笑《え》みで荻野《おぎの》に告《つ》げた。

「ありがとうおじさん!! ボクいつも大切《たいせつ》に使《つか》ってるよ!!」

荻野《おぎの》には、そう言《い》う勇太《ゆうた》の姿《すがた》に、死《し》に別《わか》れた智也《ともや》の姿《すがた》が重《かさ》なって見《み》えた。

(と、智也《ともや》…)

荻野《おぎの》の中《なか》で張《は》り詰《つ》めていた気持《きも》ちが、ふっとほどけた。手《て》から包丁《ほうちょう》を取《と》り落《お》とし、その場《ば》にガクッと座《すわ》り込《こ》む。

「智也《ともや》…う…う…」

嗚咽《おえつ》を漏《も》らす荻野《おぎの》を、勇太《ゆうた》が心配《しんぱい》そうにのぞき込《こ》む。

「おじさん泣《な》いてるの? どうして? パパ達《たち》にひどい事《こと》いわれたの?」

「……ちがうんだボウヤ…ひどいのはおじさんの方《ほう》なんだ…」

荻野《おぎの》は両目《りょうめ》から滝《たき》のように涙《なみだ》を流《なが》しながら、それでも勇太《ゆうた》に笑《わら》いかけた。

「わかってたんだ、最初《さいしょ》から手術《しゅじゅつ》のミスじゃないって事《こと》は…わかってたんだ………

う、う…」

荻野《おぎの》に抵抗《ていこう》の意志《いし》がないと判断《はんだん》した小五郎《こごろう》は、地面《じめん》から包丁《ほうちょう》を拾《ひろ》い上《あ》げ、蘭《らん》に呼《よ》びかけた。

「蘭《らん》！　急《いそ》いで警察《けいさつ》に連絡《れんらく》を!!」

「う、うん」

しかし、それを小川《おがわ》が止《と》める。

「ま、まってください探偵《たんてい》さん!!　警察《けいさつ》にはちょっと…」

「え？　しかし彼《かれ》はあなたの息子《むすこ》を……」

小川《おがわ》は無言《むごん》で首《くび》を振《ふ》り、そして荻野《おぎの》に手《て》をさしのべた。

(私《わたし》にもわかりますよ…彼《かれ》の気持《きも》ちは……)

荻野《おぎの》は戸惑《とまど》いながらも、ゆっくりと、その手《て》を取《と》った。

(私《わたし》も医者《いしゃ》である前《まえ》に…同《おな》じ子《こ》をもつ親《おや》ですから…)


一件落着《いっけんらくちゃく》した帰《かえ》り道《みち》、蘭《らん》が笑顔《えがお》で小五郎《こごろう》に言《い》った。

「よかったね、大変《たいへん》な事件《じけん》にならなくて…」

「ああ…でも、なぜ彼《かれ》は二年間《にねんかん》もかけてお金《かね》とオモチャを送《おく》り続《つづ》けていたんだ？

送《おく》るんなら一気《いっき》に送《おく》ればいいのに…」

まだ微妙《びみょう》に納得《なっとく》していない小五郎《こごろう》に、コナンが少《すこ》しだけ呆《あき》れながら解説《かいせつ》した。

「きっと、小川医師《おがわいし》の息子《むすこ》さんが五歳《ごさい》になるまで待《ま》ってたんだよ…三年前《さんねんまえ》に五歳《ごさい》で死《し》んだ智也君《ともやくん》と同《おな》じ歳《とし》になるまでね…」

「な、なるほど…」

ポンと手《て》を打《う》つ小五郎《こごろう》。すると、蘭《らん》が静《しず》かに言《い》った。

「さすが名推理《めいすいり》ね…」

「え？」

言葉《ことば》の冷《つめ》たさにドキッとしながらも、コナンは笑顔《えがお》を作《つく》って蘭《らん》を見返《みかえ》した。

「ア、アハハ…でもボク、子供《こども》だからよくわかんないや…」

「……」

蘭《らん》の疑《うたが》う瞳《ひとみ》を避《さ》けるように、コナンは走《はし》り出《だ》す。

「ボ、ボク、ちょっと用《よう》を思《おも》い出《だ》しちゃった！　おじさん達《たち》は先《さき》に帰《かえ》ってて!!」

「……」

その背中《せなか》を蘭《らん》はなおもじっと見《み》つめていた。


「ただいまー‼」

夜《よる》。コナンが探偵事務所《たんていじむしょ》に帰《かえ》ってくると、部屋《へや》には蘭《らん》しかいなかった。

「あれ？　おじさんは？」

「父《とう》さんならお酒《さけ》を飲《の》みに行《い》っちゃったわよ…」

「ふーん……」

特《とく》に気《き》にする事《こと》でもないのか、コナンは今週《こんしゅう》の少年《しょうねん》サンデーを広《ひろ》げて読《よ》み始《はじ》めた。

蘭《らん》は少《すこ》しの間《あいだ》、思《おも》い詰《つ》めた表情《ひょうじょう》をしてコナンを見《み》ていたが、急《きゅう》に笑顔《えがお》になって制《せい》服《ふく》の上《うえ》からエプロンをし始《はじ》めた。

「おなかすいたでしょ――？　今《いま》、何《なに》か作《つく》ってあげるからね！」

「うん！」

蘭《らん》はスーパーの袋《ふくろ》を持《も》ちあげて台所《だいどころ》に向《む》かいながら、「あ、そうそう…そういえばね――…」と、なにげなく話《はな》し始《はじ》めた。

「今度《こんど》、体育《たいいく》の岸田《きしだ》先生《せんせい》結婚《けっこん》するらしいわよ…」

「へ――…」

岸田《きしだ》は蘭《らん》が通《かよ》っている高校《こうこう》の体育教師《たいいくきょうし》だ。見《み》た目《め》がゴツく、結婚《けっこん》とは縁《えん》がなさそうだったので、コナンは少《すこ》し驚《おどろ》いた。少年《しょうねん》サンデーを読《よ》みながら小《ちい》さく呟《つぶや》く。

「あのゴリラがね――…」

ガチャ

「え？」

扉《とびら》の閉《し》まった音《おと》にコナンが顔《かお》を上《あ》げると、部屋《へや》から出《で》て行《い》ったはずの蘭《らん》が、怖《こわ》い顔《かお》をしてそこに立《た》っていた。

「なんであなたがわたしの高校《こうこう》の先生《せんせい》の事《こと》知《し》ってんのよ？」

しまった！

「ほ、ほら　おねーちゃんよくいってたよ。ゴリラ、ゴリラって…」

「ウソおっしゃい!!」

慌《あわ》てて言《い》い訳《わけ》をしようとするコナンを一喝《いっかつ》する。

「おかしーおかしーと思《おも》ってたけど、やっぱりあなた新一《しんいち》ね!!」

「だ、だ、だからそれは…」

ついに証拠《しょうこ》をつかんだと思《おも》った蘭《らん》は、一気《いっき》に決着《けっちゃく》をつけようとした。

「さあ白状《はくじょう》しなさい!!　新一《しんいち》!!!」

「ちょ…あ…」

コナンが次《つぎ》の言葉《ことば》を言《い》えずにいた、その時《とき》。

プルルルル……

事務所《じむしょ》の電話《でんわ》が鳴《な》り出《だ》した。コナンは助《たす》かったという顔《かお》で蘭《らん》に言《い》う。

「で、電話《でんわ》だよ…」

「そんなのほっときなさい!!」

「でも…」

プルルルル……

なおも電話《でんわ》が鳴《な》り続《つづ》ける。蘭《らん》はコナンが逃《に》げ出《だ》さないように見張《みは》りながら、受話器《じゅわき》を取《と》った。

「ハイ、こちら毛利《もうり》探偵事務《たんていじむ》…」

すると、受話器《じゅわき》から、聞《き》き慣《な》れた声《こえ》が聞《き》こえてきた。

『よぉ蘭《らん》！　ひさしぶり!!』

(し、新一《しんいち》…!?)

それは確《たし》かに、新一《しんいち》の声《こえ》だった。

「うそ…だって新一《しんいち》は……」

キヨドりながら振《ふ》り返《かえ》る。そこには、冷《ひ》や汗《あせ》をたらしながらも笑顔《えがお》のコナンがいた。


「おいおい、もうオレの声《こえ》を忘《わす》れちまったのか？　薄情《はくじょう》な奴《やつ》だの――」

同時刻《どうじこく》、阿笠博士《あがさはかせ》は蝶《ちょう》ネクタイ型変声機《がたへんせいき》を使《つか》って、受話器越《じゅわきご》しに新一《しんいち》を演《えん》じていた。

(――ったく新一《しんいち》の奴《やつ》め…余計《よけい》な世話《せわ》をかけさせおって…)

今日《きょう》の夕方《ゆうがた》、小五郎達《こごろうたち》と別《わか》れたコナンは、阿笠博士《あがさはかせ》の家《いえ》に来《き》たのだった。

＊＊＊

「たのむ博士《はかせ》!! 蘭《らん》に正体《しょうたい》がバレそうなんだ!! この変声機使《へんせいきつか》ってオレの声《こえ》で蘭《らん》に電話《でんわ》してくれ」

『おい、聞《き》いとんのか蘭《らん》? 蘭《らん》?』

受話器越《じゅわきご》しに新一《しんいち》の声《こえ》を聞《き》きながら無言《むごん》でコナンを見《み》つめていた蘭《らん》は、やがてフッと微笑《ほほえ》み、上機嫌《じょうきげん》で答《こた》えた。

「バッカねー──わたしって！　なんか勘違《かんちが》いしてたみたい！　ううん、なんでもないの…」

（サ、サンキュー博士《はかせ》…）

どうやら、上手《うま》くごまかせたらしい。事件《じけん》以上《いじょう》に難《むずか》しい問題《もんだい》を解決《かいけつ》したコナンは、受話器《じゅわき》を握《にぎ》った蘭《らん》の楽《たの》しげな声《こえ》を聞《き》きながら、ようやく緊張感《きんちょうかん》から解放《かいほう》された。

「ねえ、なんか新一《しんいち》しゃべり方《かた》がジジくさくなってない？」

『ハハハ…（ほっとけ…）』

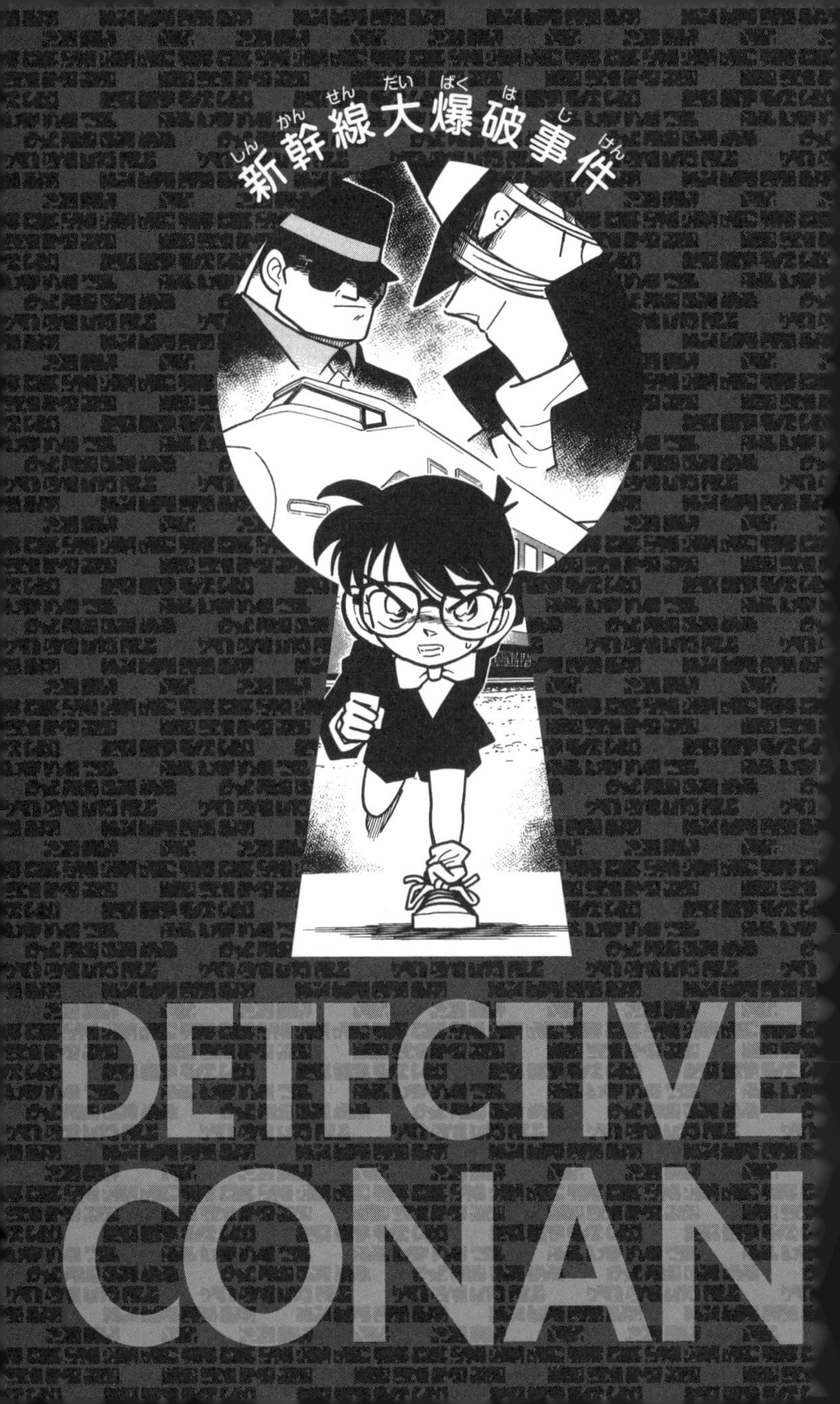
新《しん》幹《かん》線《せん》大《だい》爆《ばく》破《は》事《じ》件《けん》
DETECTIVE
CONAN

午後《ご ご》2時過《じ す》ぎ。東京《とうきょう》から京都《きょうと》へと向《む》かう東海道新幹線《とうかいどうしんかんせん》が白《しろ》い車両《しゃりょう》を輝《かがや》かせながら、青空《あおぞら》の下《した》を気持《き も》ちよさそうに走《はし》っている。

「ま――ったく…友人《ゆうじん》の結婚式《けっこんしき》の当日《とうじつ》に、新幹線《しんかんせん》の中《なか》でヒゲそってる人《ひと》なんて普通《ふ つう》いないわよ…」

その新幹線《しんかんせん》の中《なか》で、毛利蘭《もう り らん》は呆《あき》れたように向《む》かいの席《せき》に座《すわ》る父親《ちちおや》の毛利小五郎《もう り こ ご ろう》に言《い》った。小五郎《こ ご ろう》は「うるせーな――!」と怒鳴《ど な》りながら、電動《でんどう》シェーバーで無精《ぶ しょう》ヒゲをそろうと努力《ど りょく》していた。蘭《らん》から借《か》りた小《ちい》さな手鏡《て かがみ》ではアゴの下《した》を上手《う ま》く映《うつ》せず、苦労《く ろう》しているようだ。

「しゃーねーだろ? 依頼者《い らい しゃ》との打《う》ち合《あ》わせが夜遅《よるおそ》くまでかかって寝《ね》ぼうしちまったんだからよ――」

なんとかそり終《お》え、上着《うわ ぎ》をはおりネクタイを首《くび》に回《まわ》す。

「よくいうわよ! 酔《よ》っぱらって玄関《げんかん》で寝《ね》てたくせに……」

「だ、だから…大人《おとな》には大人《おとな》の付《つ》き合《あ》いってもんが…」

「はい、はい…」

いつもの事《こと》なので適当《てきとう》に答《こた》えつつ、蘭《らん》は小五郎《こごろう》のネクタイを締《し》めた。

「フン…オメーが行《い》きたいってせがむから連《つ》れてきてやってんのによ——！」

「だって式場《しきじょう》、京都《きょうと》でしょ？　わたし、あっちの方《ほう》行《い》った事《こと》ないんだもん！」

笑顔《えがお》で隣《となり》の窓際《まどぎわ》の席《せき》に座《すわ》っている江戸川《えどがわ》コナンに話《はな》しかける。

「行《い》ってみたいよね——コナン君《くん》？」

二人《ふたり》のやりとりを気《き》にする事《こと》なく、駅弁《えきべん》に夢中《むちゅう》になっていたコナンは、ほっぺたにご飯粒《はんつぶ》をくっつけながら、「あ、うん！」と答《こた》える。

「だいたい、なんでこいつまでついて来《く》るんだよ？」

「東京《とうきょう》に置《お》いてくるわけにはいかないでしょ？」

小五郎《こごろう》はうんざりした顔《かお》でコナンを見《み》た。

「——ったく…外国《がいこく》に行《い》ってるこいつの親《おや》からまだ連絡《れんらく》がないのかよ？」

「うん…」

（やべ…）

続《つづ》けたくない話題《わだい》になりそうだったので、コナンは「ボ、ボクちょっとトイレ」と言《い》って立《た》ち上《あ》がり、車両《しゃりょう》の後《うし》ろの方《ほう》へと走《はし》った。

（ちえっ…オレも好《す》きで居候《いそうろう》なんかしてんじゃねーよ…それもこれも、みんなあいつらのせいだ…オレに妙《みょう》な薬《くすり》を飲《の》ませて、こんな小《ちい》さな体《からだ》にした…あの…）

ドアの前《まえ》まで来《く》ると、向《む》こう側《がわ》から誰《だれ》かが来《き》ているらしく、自動《じどう》ドアが開《ひら》いていく。すると――


（!?　くっ…黒《くろ》ずくめの男《おとこ》!!!）

そこに立《た》っていたのは、腰《こし》まで届《とど》く銀髪《ぎんぱつ》を持《も》つ長身《ちょうしん》で目《め》つきの鋭《するど》い男《おとこ》と、サングラスをかけたガタイの良《よ》い男《おとこ》だった。二人《ふたり》とも帽子《ぼうし》から靴《くつ》の先《さき》まで真《ま》っ黒《くろ》にそろえられていた。

（こいつらだ……）

そう。トロピカルランドで無理矢理《むりやり》、工藤新一《くどうしんいち》に毒薬《どくやく》を飲《の》ませた、あの二人《ふたり》の黒《くろ》ずくめの男達《おとこたち》だったのだ！

（こいつらのせいでオレは…オレは……）

突然《とつぜん》の事《こと》に、コナンはその場《ば》で動《うご》けなくなってしまう。心臓《しんぞう》の鼓動《こどう》だけがドクンドクンと大《おお》きくなるのがわかった。

「ん…？」

銀髪《ぎんぱつ》の男《おとこ》の方《ほう》が、道《みち》をふさぐ形《かたち》になっているコナンに気《き》付《づ》き、鋭《するど》い目《め》つきで見下《みお》ろしてくる。

（や、やべ…）

阿笠博士《あがさはかせ》の言葉《ことば》が思《おも》い出《だ》される。

＊　＊　＊

「気《き》を付《つ》けろよ新一《しんいち》!!　君《きみ》が子供《こども》の姿《すがた》でまだ生《い》きているとわかれば、奴《やつ》らは必《かなら》ず命《いのち》を狙《ねら》ってくる…」

＊　＊　＊

(気《き》付《づ》かれた!!)

なすすべのないコナンは、反射的《はんしゃてき》に両手《りょうて》を構《かま》えた。更《さら》に大《おお》きく鼓動《こどう》が高鳴《たかな》る!

しかし。

「オラ、邪魔《じゃま》だ!　どけ!!」

(え!?)

コナンの焦《あせ》りっぷりにも気《き》付《づ》かず、サングラスの男《おとこ》は大《おお》きく手《て》を振《ふ》って、コナンを乱暴《らんぼう》に横《よこ》にどかせた。

「チッ！　ガキが…」

舌打《したう》ちをしつつも、男達《おとこたち》はコナンに関心《かんしん》がないらしく、そのまま通《とお》り過《す》ぎ、すぐ近《ちか》くの席《せき》に向《む》かい合《あ》わせで座《すわ》った。銀髪《ぎんぱつ》の男《おとこ》の方《ほう》は持《も》っていた黒《くろ》のアタッシュケースを、荷物棚《にもつだな》に上《あ》げる事《こと》なく、ヒザの上《うえ》に置《お》いた。

（そ、そうか…こいつらオレがあの薬《くすり》のせいで、小《ちい》さくなったって事知《ことし》らないんだ…よーしチャンスだ!!　こいつらからあの薬《くすり》を奪《うば》い取《と》る絶好《ぜっこう》の…）

内心《ないしん》まだ極度《きょくど》に緊張《きんちょう》しつつも、コナンは平静《へいせい》を装《よそお》って男達《おとこたち》の横《よこ》を通《とお》り過《す》ぎ、蘭《らん》と小五郎《こごろう》の元《もと》に戻《もど》った。

（あの薬《くすり》の成分《せいぶん》さえわかれば、博士《はかせ》が元《もと》の体《からだ》に戻《もど》る方法《ほうほう》を見《み》つけてくれる…）

窓際《まどぎわ》の自分《じぶん》の席《せき》に座《すわ》ってしまうと、男達《おとこたち》を見張《みは》ることができない。不自然《ふしぜん》なのは承知《しょうち》のうえで、コナンは蘭《らん》が座《すわ》る席《せき》のすぐ横《よこ》の通路《つうろ》に立《た》っている事《こと》にした。

（元《もと》の体《からだ》に戻《もど》ったら…オレが高校生探偵《こうこうせいたんてい》…工藤新一《くどうしんいち》に戻《もど》ったら…おまえらの悪事《あくじ》をすべて暴《あば》いてやるぜ!!　絶対《ぜったい》に!!!）

ちらちらと後《うし》ろを振《ふ》り返《かえ》って男達《おとこたち》の様子《ようす》をうかがうコナンを、蘭《らん》が不思議《ふしぎ》そうに見《み》ている。

(でも奴《やつ》ら…こんな所《ところ》でいったい何《なに》をやってるんだ⁉)

数分後《すうふんご》。サングラスをしている方《ほう》の男《おとこ》が腕時計《うでどけい》を確認《かくにん》して立《た》ち上《あ》がる。銀髪《ぎんぱつ》の男《おとこ》もそれに続《つづ》き、黒《くろ》のアタッシュケースを持《も》ったまま車両《しゃりょう》から出《で》ていく。

(⁉　ど、どこへ行《い》く気《き》だ?)

気付《きづ》かれないようにコナンが追跡《ついせき》を始《はじ》めると、二人《ふたり》が階段《かいだん》を上《のぼ》って食堂車《しょくどうしゃ》[2]に入《はい》っていくのが見《み》えた。

(誰《だれ》かと待《ま》ち合《あ》わせか⁉)

サングラスの男《おとこ》が周囲《しゅうい》を警戒《けいかい》する中《なか》、銀髪《ぎんぱつ》の男《おとこ》はテーブルにアタッシュケースを置《お》き、腕時計《うでどけい》を見《み》つめていた。

（いったい誰《だれ》と…？）

コナンは一《ひと》つ離《はな》れたテーブルから頭《あたま》を半分《はんぶん》だけ上《うえ》に出《だ》し、英字《えいじ》のロゴが書《か》かれた紙《かみ》ナプキンのホルダー越《ご》しに二人《ふたり》をにらみ付《つ》ける。

（ま、まさか…奴《やつ》らの黒幕《くろまく》と…）

その時《とき》、突然何者《とつぜんなにもの》かに後《うし》ろからガシッと腕《うで》をつかまれ、体《からだ》を引《ひ》っ張《ぱ》られる。コナンは驚《おどろ》いて振《ふ》り返《かえ》った。すると——

「コラ——ッ！　何《なに》やってんの　こんなトコで!!!」

「ら、蘭《らん》ねえちゃん」

そこにはコナンを追《お》いかけてきた蘭《らん》が怒《おこ》った顔《かお》で立《た》っていた。慌《あわ》ててごまかすコナン。

「ボ、ボクおなかすいちゃって……」

「さっきお弁当《べんとう》食《た》べたばっかりでしょ？　もお！　世話《せわ》やかせないでよ…」

蘭《らん》はコナンの腕《うで》をつかんだまま食堂車《しょくどうしゃ》を出《で》ていく。

❢2：1989年から2002年まで運行された東海道・山陽新幹線「グランドひかり」は、２階建て車両で、食堂車と一部に喫煙車の設定があった。

「あ、あ…ちょっと…」

階段《かいだん》を下《お》りて元《もと》の車両《しゃりょう》に戻《もど》ってくる蘭《らん》とコナン。

（くそぉ、こーなったら…）

黒《くろ》ずくめの男達《おとこたち》が座《すわ》っていた席《せき》まで来《き》たコナンは、蘭《らん》につかまれていた手《て》をさりげなくほどいて、ポケットからチューインガムを取《と》り出《だ》してそれをクチャクチャと噛《か》んだ。

（このチューインガムに…博士《はかせ》にもらったこの盗聴機《とうちょうき》を…くるんで…）

犯人追跡《はんにんついせき》メガネのツルの所《ところ》に取《と》り付《つ》けてある米粒《こめつぶ》くらいの大《おお》きさの盗聴機《とうちょうき》をガムの中《なか》に押《お》し込《こ》むと、床《ゆか》に座《すわ》り込《こ》んで男達《おとこたち》の席《せき》の裏側《うらがわ》に貼《は》り付《つ》けた。これで、席《せき》に戻《もど》ってきた彼《かれ》らの話《はなし》を盗《ぬす》み聞《ぎ》きできるはずで――

「あ――またなんかやってる!!」

ドキィ！

先《さき》に席《せき》に戻《もど》ったはずの蘭《らん》が通路《つうろ》に仁王立《におうだ》ちしていた。しゃがみ込《こ》んでコナンが触《さわ》っていた座席《ざせき》の裏《うら》に手《て》をはわせる。

「まぁ！　こんなトコにガムを…ダメじゃない、こんなイタズラしちゃ――!!」

「か、返《かえ》して」

「ガムはちゃんと紙《かみ》に包《つつ》んで灰皿《はいざら》に…」

蘭《らん》は盗聴機《とうちょうき》が埋《う》め込《こ》まれたガムの塊《かたまり》をティッシュでくるみ、肘掛《ひじか》けにそなえ付《つ》けられた灰皿《はいざら》に押《お》し込《こ》んだ。そして、コナンを引《ひ》きずるように席《せき》に戻《もど》る。

（まーいっか、一応《いちおう》灰皿《はいざら》の中《なか》にあるんだし…奴《やつ》らに見《み》つかんなきゃいいけどな…）

十数分後《じゅうすうふんご》。
ガ――ッ。

自動《じどう》ドアが開《ひら》くと、食堂車《しょくどうしゃ》から戻《もど》ってきた黒《くろ》ずくめの男達《おとこたち》が車両《しゃりょう》に入《はい》ってきた。
(おっ！　戻《もど》って来《き》た!!)
さっそくコナンは、盗聴機《とうちょうき》を使《つか》ってみる事《こと》にした。
(えーっと確《たし》か…盗聴機《とうちょうき》の音《おと》を拾《ひろ》うには…)
阿笠博士《あがさはかせ》から聞《き》いた説明《せつめい》を思《おも》い出《だ》す。

＊＊＊

「メガネの先《さき》の右《みぎ》が盗聴機《とうちょうき》で、左《ひだり》がイヤホンじゃ!!　このダイヤルで周波数《しゅうはすう》を合《あ》わせれば、特殊《とくしゅ》な音波《おんぱ》が鼓膜《こまく》を刺激《しげき》して、メガネをかけているだけで聞《き》こえるのじゃ!!」

＊＊＊

言《い》われた通《とお》りに操作《そうさ》をすると、突然《とつぜん》耳《みみ》に男《おとこ》の声《こえ》が響《ひび》いた。
『フ――…やっとタバコが吸《す》えるぜ!!』
(き、聞《き》こえた！)
サングラスの男《おとこ》の方《ほう》の声《こえ》だ。盗聴機《とうちょうき》は順調《じゅんちょう》に作動《さどう》しているようだ。
『ん？　何《なに》か入《はい》ってるな…』
『何《なん》だ!?』
タバコを吸《す》うために肘掛《ひじか》けの灰皿《はいざら》を開《あ》けた時《とき》、蘭《らん》が入《い》れたガムに気付《きづ》いたようだった。
(や、やべ！)
ガサゴソと耳障《みみざわ》りな音《おと》が響《ひび》いた後《あと》、サングラスの男《おとこ》が答《こた》えた。
『ガムですよ…ガム…どーせ前《まえ》の客《きゃく》が入《い》れたんですぜ…』
(あぶねー―あぶねー―)
男達《おとこたち》はそれ以上《いじょう》ガムについては気《き》にしなかった。コナンはそっと振《ふ》り向《む》いて、席《せき》に戻《もど》った男達《おとこたち》の様子《ようす》を観察《かんさつ》する。

(ん？　変《へん》だな…あいつら食堂車《しょくどうしゃ》に行《い》く時《とき》、確《たし》か黒《くろ》いアタッシュケースを持《も》っていたのに…今《いま》は持《も》ってない…)

かわりに、さっきまでは持《も》っていなかったクリーム色《いろ》の大《おお》きなスーツケースを通《つう》路《ろ》にはみ出《だ》すように置《お》いていた。

(——って事《こと》はもしかして…)

『いやー楽《らく》な取《と》り引《ひ》きでしたね、アニキ…』

再《ふたた》び聞《き》こえてきたサングラスの男《おとこ》の声《こえ》に、コナンは心《こころ》の中《なか》で(やっぱりな…)と呟《つぶや》く。男達《おとこたち》は食堂車《しょくどうしゃ》で何者《なにもの》かと会《あ》い、あの黒《くろ》のアタッシュケースと、クリーム色《いろ》のスーツケースを交換《こうかん》したのだろう。それが男達《おとこたち》の言《い》う『取《と》り引《ひ》き』の事《こと》なのだ。

『シッ！　声《こえ》が高《たか》いぞウォッカ!!』

長《なが》い銀髪《ぎんぱつ》の方《ほう》の男《おとこ》が強《つよ》い調子《ちょうし》でいさめる。

『大丈夫《だいじょうぶ》ですよ、誰《だれ》も聞《き》いちゃいやせんぜ…ハハハ…相変《あいか》わらずジンのアニキは用《よう》心深《じんぶか》い…』

なにげない会話《かいわ》ではあるが、初《はじ》めて知《し》る重要《じゅうよう》な言葉《ことば》がある事《こと》にコナンは気付《きづ》いた。

(ジンとウォッカ…それがおまえらのコードネームか!!?)

コードネームとは、組織《そしき》の中《なか》で名乗《なの》る通《とお》り名《な》の事《こと》だ。サングラスの男《おとこ》の方《ほう》がウォッカ。長《なが》い銀髪《ぎんぱつ》の男《おとこ》の方《ほう》がジンと名乗《なの》っているようだ。

『あの黒《くろ》いケースを渡《わた》しただけで4億《おく》か…』

ウォッカが脇《わき》に置《お》いたスーツケースを軽《かる》く叩《たた》きながら言《い》う。

『いったいあのケースには何《なに》が入《はい》っていたんですかい?』

『金《きん》に関《かん》する情報《じょうほう》だ…あの情報《じょうほう》をうまく使《つか》えば、4億《おく》なんてめじゃないさ…』

ボッ。ライターで火《ひ》を灯《とも》す音《おと》。ジンもタバコを吸《す》い始《はじ》めたようだ。

『な、なるほど…だからやっこさん　あんなに喜《よろこ》んで…』

『ああ、今頃《いまごろ》自分《じぶん》の席《せき》に戻《もど》って、景色《けしき》を見下《みお》ろしてほくそ笑《え》んでるだろーぜ…最期《さいご》の景色《けしき》をな……』

冷徹《れいてつ》な、それでいて嘲笑《ちょうしょう》が混《ま》じったジンの声《こえ》が耳元《みみもと》で響《ひび》き、コナンの背筋《せすじ》に冷《つめ》たい汗《あせ》が走《はし》る。

『さ、最期《さいご》って…？』

『奴《やつ》はもう、組織《そしき》にとって何《なん》の利用価値《りようかち》もないって事《こと》だ…奴《やつ》に渡《わた》した黒《くろ》いケースには火薬《かやく》も詰《つ》まっているんだ…強《つよ》いショックを与《あた》えるとすぐに作動《さどう》する爆弾《ばくだん》がな…』

(!?)

思《おも》いも寄《よ》らなかった「火薬《かやく》」という言葉《ことば》に、コナンは目《め》を見開《みひら》いた。

『じゃ、じゃあ…もし奴《やつ》があのケースを今《いま》、落《お》としでもしたら…』

どうやらウォッカも初《はじ》めて聞《き》いたらしく、声《こえ》に動揺《どうよう》が感《かん》じられた。

『心配《しんぱい》するな…あれは奴《やつ》にとってやっと手《て》に入《い》れた大事《だいじ》な情報《じょうほう》だ…そんなヘマはしないさ…それに爆発《ばくはつ》するのは3時《じ》10分《ぷん》と決《き》まっている…』

『じ、時限爆弾《じげんばくだん》ですかい!?』

『いや…その時刻《じこく》になると、奴《やつ》は何《なに》も知《し》らずに自《みずか》らそのスイッチを押《お》してしまうんだ…』

ジンはクックックッと喉《のど》の奥《おく》の方《ほう》で笑《わら》い、そして言《い》った。

『スイッチが入《はい》ったが最期《さいご》…10秒後《びょうご》に、奴《やつ》の体《からだ》はこの新幹線《しんかんせん》もろとも…木《こ》っ端微塵《ぱみじん》だ!!!』

「こっぱ…!!」

思《おも》わず口《くち》に出《だ》してしまい、慌《あわ》てて口《くち》をつぐむ。

「!?」

しかし聞《き》こえてしまったらしく、ジンとウォッカがギロリとこちらに視線《しせん》を向《む》けてきた。急《いそ》いでごまかす。

「こ、こっぱ…64!!」

「それをいうなら8×8《ハッパ》＝64だろ?」

向《む》かいに座《すわ》っていた小五郎《こごろう》が突《つ》っ込《こ》む。

「あっそっかー!　8×9《ハック》＝72…」

『チッ、ガキが！　驚《おどろ》かしやがって…』

ようやく二人《ふたり》は視線《しせん》を外《はず》した。コナンは安堵《あんど》のため息《いき》をつく。


やがて、新幹線《しんかんせん》は徐々《じょじょ》に速度《そくど》を落《お》とし、名古屋駅《なごやえき》のホームに到着《とうちゃく》する。

『名古屋《なごや》——名古屋《なごや》——…お降《お》りのお客様《きゃくさま》は…』

スピーカーから流《なが》れるアナウンスを聞《き》いてジンが立《た》ち上《あ》がった。

『おい！　ずらかるぞ…』

足早《あしばや》にドアに向《む》かうジンの後《あと》を、ウォッカが大《おお》きなスーツケースを転《ころ》がしながらついていく。

(ま、まて!!)

コナンは反射的《はんしゃてき》に通路《つうろ》に出《で》て、黒《くろ》ずくめの男達《おとこたち》を追《お》いかけた。

(まだおまえらには…聞《き》きたい事《こと》が…山《やま》ほど…)

ホームに降《お》りた男《おとこ》の背中《せなか》に手《て》を伸《の》ばし、つかもうとして——

「コラ！」

——その前《まえ》に後《うし》ろから追《お》いかけてきた蘭《らん》にえり首《くび》をつかまれてしまう。コナンの目《め》の前《まえ》でドアが閉《し》まり、新幹線《しんかんせん》は静《しず》かに動《うご》き出《だ》した。

「あ——」

「もぉ！　目《め》を離《はな》すとすぐこれなんだから！」

蘭《らん》はコナンの手《て》をひいて席《せき》に戻《もど》ろうとする。

（まてよ…確《たし》か奴《やつ》らはこの新幹線《しんかんせん》ごと爆発《ばくはつ》するっていってたな…じゃあ奴《やつ》らと取《と》り引《ひ》きした相手《あいて》はまだこの中《なか》に…）

それはつまり、爆弾《ばくだん》もまだこの新幹線《しんかんせん》の中《なか》にあるという事《こと》だ。コナンは慌《あわ》てて腕《うで》時計《どけい》を見《み》る。

(やばい！　3時《じ》10分《ぷん》まであと約《やく》40分《ぷん》しかねー‼　それまでに問題《もんだい》の人物《じんぶつ》を探《さが》さなきゃ大変《たいへん》な事《こと》に…でも、どーやって見《み》つけるんだ⁉)

通路《つうろ》を歩《ある》きながら左右《さゆう》を見《み》る。年齢《ねんれい》も性別《せいべつ》も様々《さまざま》な乗客《じょうきゃく》が座《すわ》っていた。

(この何百人《なんびゃくにん》もの乗客《じょうきゃく》の中《なか》からどーやって…)

けれど、やるしかない。

コナンは蘭《らん》の体《からだ》をすり抜《ぬ》けるようにして通路《つうろ》を走《はし》り出《だ》した。

(あと38分《ぷん》…それまでに見《み》つけるんだ‼　黒《くろ》ずくめの男達《おとこたち》と取《と》り引《ひ》きし、爆弾付《ばくだんつ》きの黒《くろ》いケースを渡《わた》された人物《じんぶつ》を…探《さが》し出《だ》すんだ‼)

「ちょ、ちょっとコナン君《くん》？」

蘭《らん》はすぐに捕《つか》まえようとしたが、偶然《ぐうぜん》すれ違《ちが》った車内販売用《しゃないはんばいよう》のワゴンに阻《はば》まれているうちに、コナンはドアを出《で》てしまった。

「もぉ――っ‼」

今日《きょう》はいつにも増《ま》してコナンがいたずらっ子《こ》のようだった。ようやく隣《となり》のデッキに入《はい》ると、そこはカーテンを引《ひ》くと半個室《はんこしつ》のようになる化粧台《けしょうだい》が並《なら》んでいる車両《しゃりょう》だった。とはいえ、下《した》の部分《ぶぶん》が空《あ》いているのでコナンが隠《かく》れていればすぐわかる。

「どこ行《い》っちゃったのよー？」

一《いっ》か所《しょ》だけカーテンが閉《し》まっている所《ところ》があった。失礼《しつれい》を承知《しょうち》でかがんでのぞき込《こ》むが、そこには誰《だれ》の足《あし》も見《み》えなかった。多分誰《たぶんだれ》かが間違《まちが》って閉《し》めたのだろう。

「まったくも――コナンくーん！」

蘭《らん》は足早《あしばや》に次《つぎ》の車両《しゃりょう》に向《む》かった。

数秒《すうびょう》して、閉《し》まっていたカーテンが開《あ》き、そこからコナンが顔《かお》をのぞかせる。なんのことはない。化粧台《けしょうだい》の上《うえ》に飛《と》び乗《の》っていたので、蘭《らん》からは姿《すがた》が見《み》えなかったのだ。

(爆発《ばくはつ》まであと35分《ふん》…このままだとこの新幹線《しんかんせん》が京都《きょうと》に着《つ》く寸前《すんぜん》にぶっ飛《と》んじまう…)

コナンはそっと床《ゆか》に降《お》り、蘭《らん》とは反対方向《はんたいほうこう》に走《はし》り出《だ》した。

（とりあえず乗客《じょうきゃく》の安全《あんぜん》を確保《かくほ》しなきゃ…）


「ば、爆弾《ばくだん》!?」

「そうなんだよ！　爆弾《ばくだん》を持《も》ってる人《ひと》がこの中《なか》に乗《の》ってるんだよ!!」

新幹線《しんかんせん》の中《なか》を駆《か》け回《まわ》り、通路《つうろ》に立《た》っていた二人《ふたり》の乗務員《じょうむいん》をようやく見《み》つけたコナンは、急《いそ》いで爆弾《ばくだん》の事《こと》を説明《せつめい》した。

「だから早《はや》く近《ちか》くの駅《えき》に止《と》めて、お客《きゃく》さんを避難《ひなん》させないとこの新幹線《しんかんせん》は、木《こ》っ端《ぱ》微塵《みじん》に!!!」

すると、乗務員《じょうむいん》の一人《ひとり》が突然《とつぜん》笑《わら》い出《だ》した。

「ぷっ…ワハハハハ！」

「ホントなんだよ〰〰」

まったく信《しん》じてもらえないようだ。それでも説得《せっとく》しようとすると、笑《わら》っていた乗《じょう》務員《むいん》が「コラ！」と怖《こわ》い顔《かお》になる。

「あんまり大人《おとな》をからかうと…」

「まてまて…子供《こども》だからってはなっから信《しん》じないのはよくないぞ…」

もう一人《ひとり》の方《ほう》は、子供《こども》の話《はなし》でも真面目《まじめ》に聞《き》いてくれるようだ。

「よーし、まってろボウズ!! 今《いま》、おじさんが…ドラえもんに頼《たの》んでやるからな！」

……前言撤回《ぜんげんてっかい》。どっちもダメだ。

（ダメだ…全然信《ぜんぜんしん》じてくれね——）

乗務員《じょうむいん》に頼《たの》むのを諦《あきら》めたコナンは、二人《ふたり》と別《わか》れて歩《ある》き出《だ》した。

（早《はや》く爆弾付《ばくだんつ》きの黒《くろ》いケースを持《も》ってる人物《じんぶつ》を探《さが》さなきゃ…でも黒《くろ》いケースを持《も》ってる人《ひと》なんてゴロゴロいるし…時間内《じかんない》にその人達全員《ひとたちぜんいん》を調《しら》べるのは不可能《ふかのう》だ…）

通路《つうろ》を歩《ある》きながら少《すこ》し見渡《みわた》しただけで、あの時《とき》ジンが持《も》っていたのと同《おな》じような黒《くろ》いアタッシュケースを持《も》っている人《ひと》は沢山《たくさん》いた。

（かといってほかに手掛《てが》かりなんて…くそぉ…あの時《とき》、蘭《らん》が邪魔《じゃま》さえしなきゃ…奴《やつ》らが食堂車《しょくどうしゃ》でまってた取《と》り引《ひ》き相手《あいて》の顔《かお》が見《み》れたのに…)

と、その時《とき》、頭《あたま》の中《なか》でなにかがひっかかった。

(……食堂車《しょくどうしゃ》?　まてよ、確《たし》かあいつら…取《と》り引《ひ》きをすませて帰《かえ》って来《き》た時《とき》に…)

あの時《とき》、ウォッカは確《たし》かこう言《い》いながらタバコに火《ひ》をつけていた。

＊　＊　＊

『フー…やっとタバコが吸《す》えるぜ…』

＊　＊　＊

(!?　ど、どういう事《こと》だ…?　食堂車《しょくどうしゃ》は禁煙車《きんえんしゃ》じゃない!!　タバコならいくらでも吸《す》えるはずなのに…)

にもかかわらず、ウォッカはタバコを我慢《がまん》していた。なぜ?

(そ、そうか!　奴《やつ》らの取《と》り引《ひ》き相手《あいて》は、目《め》の前《まえ》でタバコを吸《す》われるのを嫌《いや》がる人《ひと》だったんだ…となると奴《やつ》らの取《と》り引《ひ》き相手《あいて》…つまり爆弾《ばくだん》を奴《やつ》らに渡《わた》された人物《じんぶつ》は、禁煙車《きんえんしゃ》にいるって事《こと》か!!!　この新幹線《しんかんせん》の禁煙車《きんえんしゃ》は…）

通路《つうろ》の壁《かべ》に設置《せっち》された車両案内板《しゃりょうあんないばん》を見《み》つけ、コナンは飛《と》びついて調《しら》べた。

十六両《じゅうろくりょう》からなるこの新幹線《しんかんせん》は、７号車《ごうしゃ》から10号車《ごうしゃ》までが１階《かい》と２階《かい》に分《わ》かれていて、全部《ぜんぶ》で20のエリアに分《わ》かれている。８号車《ごうしゃ》の１階《かい》は売店《ばいてん》、２階《かい》は食堂車《しょくどうしゃ》で、ここには客席《きゃくせき》がない。つまり、探《さが》すのは18のエリアのどこかという事《こと》になる。

このうち、禁煙《きんえん》になっているのは先頭《せんとう》から１、２号車《ごうしゃ》と６号車《ごうしゃ》、７号車《ごうしゃ》の１階《かい》と２階《かい》、そして後方《こうほう》の12、13、14号車《ごうしゃ》だった。つまり、８か所《しょ》まで絞《しぼ》り込《こ》めたことになる。

（でもまだ８／18に絞《しぼ》られただけだ、多《おお》すぎる…せめて乗《の》ってる車両《しゃりょう》がわかれば…思《おも》い出《だ》せ…まだあるはずだ…奴《やつ》らの会話《かいわ》の中《なか》に何《なに》か手掛《てが》かりが……）

＊　＊　＊

『――なるほど…それでやっこさんあんなに喜《よろこ》んで…』

『ああ…今頃《いまごろ》自分《じぶん》の席《せき》に戻《もど》って…景色《けしき》を見下《みお》ろしてほくそ笑《え》んでるだろーぜ…』

＊　＊　＊

（み、見下《みお》ろす⁉　この新幹線《しんかんせん》で景色《けしき》が見下《みお》ろせるのは2階《かい》にあるグリーン車《しゃ》だけだ‼）

再《ふた》び車両案内板《しゃりょうあんないばん》を見上《みあ》げるコナン。グリーン車《しゃ》は7号車《ごうしゃ》、9号車《ごうしゃ》、10号車《ごうしゃ》だ。その中《なか》で禁煙車《きんえんしゃ》は――

（7号車《ごうしゃ》の2階《かい》‼　ただ一《ひと》つ‼）


グリーン車《しゃ》である7号車《ごうしゃ》の2階《かい》にやってきたコナンは、一般車両《いっぱんしゃりょう》よりも前《まえ》の席《せき》との幅《はば》があり、座《すわ》り心地《ごこち》も良《よ》さそうな座席《ざせき》を見《み》て、自分《じぶん》の推理《すいり》が当《あ》たっているだろうと考《かんが》えた。

（そうだ…奴《やつ》らの取《と》り引《ひ》き相手《あいて》は、４億《おく》もの大金《たいきん》を用意《ようい》できる大物《おおもの》だ…そんな人物《じんぶつ》がタバコ嫌《ぎら》いなら当然《とうぜん》この車両《しゃりょう》を選《えら》ぶはず…）

さりげなく、ゆっくりと左右《さゆう》の座席《ざせき》に座《すわ》っている人《ひと》を観察《かんさつ》しながら通路《つうろ》を歩《ある》いていく。

（まちがいない…爆弾付《ばくだんつ》きの黒《くろ》いケースを持《も》っている人物《じんぶつ》は…この中《なか》にいる!!!）

車両《しゃりょう》の端《はし》まで辿《たど》り着《つ》き、そこでピタリと止《と》まる。

（四人《よにん》…この車両《しゃりょう》で黒《くろ》いケースを持《も》っている乗客《じょうきゃく》は四人《よにん》だ…）

そっと振《ふ》り返《かえ》り、改《あらた》めてその四人《よにん》を観察《かんさつ》する。

（一人目《ひとりめ》は…やり手《て》のサラリーマン風《ふう》の男《おとこ》…。二人目《ふたりめ》は…これまたやり手《て》のキャリアウーマンらしき女性《じょせい》…。三人目《さんにんめ》は…恰幅《かっぷく》のいいおじいさん…。四人目《よにんめ》は…ありゃーただのヤクザだな…どいつもこいつもあやしい奴《やつ》ばかりだ…こりゃー一人一人《ひとりひとり》確《たし》かめるっきゃないな！）

コナンは一人目《ひとりめ》のサラリーマン風《ふう》の男《おとこ》に近《ちか》づいた。黒《くろ》いケースは膝《ひざ》の上《うえ》にあり、その上《うえ》に置《お》いたノートパソコンを操作《そうさ》している。どうやら株《かぶ》の売買《ばいばい》をしているようだ。腕《うで》には金《きん》のロレックスの時計《とけい》をはめている。

(こいつは株《かぶ》で相当《そうとう》もうけてやがるな…よーし…)

「ねえ！　ボクにもそのゲームやらせてよ！」

無邪気《むじゃき》な子供《こども》のフリをして話《はな》しかける。男《おとこ》は「ん？」と手《て》を止《と》めてコナンを見《み》るが、すぐに視線《しせん》を画面《がめん》に戻《もど》した。

「これはオモチャじゃないよ…」

「ウソだ——！　丸《まる》とか四角《しかく》がいっぱい並《なら》んでるよ——！」

コナンが食《く》い下《さ》がると、男《おとこ》は眉《まゆ》を吊《つ》り上《あ》げて怒《おこ》り出《だ》した。

「仕事《しごと》の邪魔《じゃま》だ!!　あっち行《い》ってろ！」

「ケチー！　じゃ――この黒《くろ》いのやらせて！　これもゲームでしょ？」

「な⁉」

多少強引《たしょうごういん》ではあるが、パソコンの下《した》にある黒《くろ》いアタッシュケースを引《ひ》き抜《ぬ》こうとする。


ゴッ。


男《おとこ》の鉄拳《てっけん》がコナンの頭《あたま》の上《うえ》に落《お》ちた。

「て〰〰〰っ‼」

「どこのガキだ、まったく…」


「どうしたの、ボウヤ？　迷子《まいご》になっちゃったの？」

（おっと…二人目《ふたりめ》のキャリアウーマン…）

　にらみつけてくるさっきの男《おとこ》の視線《しせん》を背中《せなか》に受《う》けつつ頭《あたま》を押《お》さえて歩《ある》いていると、すぐ後《うし》ろの席《せき》に座《すわ》っている、次《つぎ》に調《しら》べる予定《よてい》の女性《じょせい》の方《ほう》から笑顔《えがお》で話《はな》しかけてきてくれた。改《あらた》めて女性《じょせい》を観察《かんさつ》する。

（手《て》には英字新聞《えいじしんぶん》、テーブルには缶《かん》ジュースと小《ち》さなバッグ…バッグから見《み》えてるのは携帯電話《けいたいでんわ》か…黒《くろ》いケースは窓際《まどぎわ》に置《お》いてるな…よーし…）

「わーすっごーい!!」

　歓声《かんせい》を上《あ》げながら女性《じょせい》の前《まえ》を駆《か》け抜《ぬ》け窓《まど》に飛《と》びつく。

「いい眺《なが》めだねー!!」

「ええ…今日《きょう》は天気《てんき》がいいから…富士山《ふじさん》もそこからバッチリ！」

「へー富士山《ふじさん》かー!!」

　女性《じょせい》に話《はな》を合《あ》わせつつ、窓際《まどぎわ》の椅子《いす》に座《すわ》り、後《うし》ろ手《で》で黒《くろ》いアタッシュケースを開《あ》けようとする。

「ボウヤ、富士山《ふじさん》好《す》き？」

「う、うん！」

ガチャガチャといじるが、どうにも開《ひら》かない。

（くそっ！　ロックされてる…）

なおもなんとか開《ひら》かないかガチャガチャしていると、前《まえ》に座《すわ》っていたさっきの男《おとこ》が突然《とつぜん》振《ふ》り返《かえ》ってコナンに向《む》かって叫《さけ》んだ。

「コラァ！　うるさいぞボウズ!!　あっち行《い》ってろっていっただろ!?」

そこまで言《い》われては仕方《しかた》がない。通路《つうろ》に戻《もど》ったコナンは、去《さ》り際《ぎわ》に小声《こごえ》で女性《じょせい》に聞《き》いた。

「ねえ、おばさん…食堂車《しょくどうしゃ》に行《い》った？」

「え？　どうして？」

「さっき食堂車《あそこ》で黒《くろ》い服《ふく》着《き》た人達《ひとたち》と一緒《いっしょ》にいた人《ひと》…おばさんに似《に》てるな――って…」

女性《じょせい》は笑顔《えがお》で答《こた》えた。

「きっとそれ人《ひと》ちがいよ！　私《わたし》は食堂車《しょくどうしゃ》には、行《い》ってないわよ…」

「そ、そうだよね！」

ついでに、前《まえ》の男性《だんせい》にも聞《き》いてみる。

「お、おじさんは食堂車《あそこ》には…」

「こ、この忙《いそが》しいのに…そんな所《ところ》に行《い》ってられるか!!」

男性《だんせい》の怒声《どせい》に蹴《け》り出《だ》されるように、コナンはその場《ば》を去《さ》った。

三人目《さんにんめ》は、女性《じょせい》の席《せき》から三列《さんれつ》ほど後《うし》ろ、通路《つうろ》を挟《はさ》んだ反対側《はんたいがわ》の席《せき》に座《すわ》っている恰《かっ》
幅《ぷく》のいいおじいさんだ。
（ウォークマンで何《なに》か聞《き》いてるみたいだな…）
おじいさんは黒《くろ》いケースを大事《だいじ》そうに両腕《りょううで》で抱《かか》え込《こ》んでいた。

（あれじゃー手出《てだ》しできねーな…）

ひとまず話《はな》しかけてみる。

「ねぇねぇ、おじいさん……」

コナンが肘《ひじ》をゆすると、おじいさんは片耳《かたみみ》からイヤホンを外《はず》してこちらを見下《みお》ろしてきた。

「さっき食堂車《しょくどうしゃ》に行《い》った？」

おじいさんはしばらくの間《あいだ》じっとコナンを見《み》つめた後《あと》、耳《みみ》に手《て》を当《あ》てて、

「は？」

と、答《こた》えた。聞《き》こえなかったらしい。

「だから食堂車《しょくどうしゃ》に行《い》ったの⁉」

時間《じかん》がないのもあって焦《あせ》っているコナンが大声《おおごえ》で叫《さけ》ぶと、おじいさんはホッホッホッと楽《たの》しそうに笑《わら》い出《だ》した。

「おお、行《い》った、行《い》った‼　ディズニーランドは何度《なんど》行《い》ってもよかとこばい‼」

（ダメだなこりゃ…）

耳《みみ》が遠《とお》いらしいおじいさんは後《あと》まわしにして、四人目《よにんめ》のもとへと向《む》かう。


おじいさんから二列後《にれつうし》ろの席《せき》に、黒《くろ》いケースを持《も》っている四人目《よにんめ》のヤクザ風《ふう》の人《じん》物《ぶつ》が座《すわ》っていた。金《きん》のネックレスに金縁《きんぶち》のサングラス、金《きん》の指輪《ゆびわ》に金《きん》のピアスと何《なに》から何《なに》まで金《きん》ピカだった。大《おお》きな風体《ふうてい》と、濃《こ》い目《め》のサングラスをかけた強面《こわもて》の顔《かお》で、近《ちか》よりがたい雰囲気《ふんいき》を出《だ》していた。

（黒《くろ》いケースは荷台《にだい》の上《うえ》か…こいつも手《て》が出《だ》せそうにないな…）

男《おとこ》はビールを飲《の》みながら競馬新聞《けいばしんぶん》を読《よ》んでいて、コナンが近《ちか》づいても気《き》にするそぶりも見《み》せなかった。ひとまず声《こえ》をかけてみる。

「ね、ねえ…さっき食堂車《しょくどうしゃ》に…」

すると男《おとこ》はサングラスを外《はず》してコナンをギロリとにらみ付《つ》けた。左目《ひだりめ》に大《おお》きな刀《かたな》傷《きず》があるのが見《み》えた。

「んな事《こと》、どーでもいいよね…」

笑《わら》ってごまかす。男《おとこ》は無言《むごん》でポケットから紙《かみ》ナプキンを取《と》り出《だ》し、サングラスをふく。

(!? あの紙《かみ》ナプキン……確《たし》か…)

英字《えいじ》のロゴが印刷《いんさつ》されたその紙《かみ》ナプキンは、ついさっき見《み》た物《もの》と同《おな》じだ。

(食堂車《しょくどうしゃ》にあったのと同《おな》じ物《もの》…こ、この人《ひと》 食堂車《しょくどうしゃ》に行《い》ってる!! よーし!!!)

「ねえ…ボクの紙飛行機《かみひこうき》があの上《うえ》に乗《の》っちゃったんだ、取《と》っていーい？」

荷台《にだい》の上《うえ》を適当《てきとう》に指差《ゆびさ》して言《い》う。が、男《おとこ》は新聞《しんぶん》に視線《しせん》を戻《もど》したまま何《なに》も言《い》わない。

「取《と》っていいよね？」

一応確認《いちおうかくにん》しつつ男《おとこ》の前《まえ》を通《とお》って窓際《まどぎわ》の席《せき》まで歩《ある》き、椅子《いす》の背《せ》をよじ登《のぼ》って荷台《にだい》に両手《りょうて》を伸《の》ばす。

「あれーどこだろ？ みつかんないなー!!」

そしてついに黒《くろ》いケースに手《て》が届《とど》いた。

ガチャ。

そっと開《あ》けようとしたが、思《おも》ったよりも大《おお》きく音《おと》が響《ひび》いてしまい、途端《とたん》に男《おとこ》が目《め》を見開《みひら》いてコナンを見《み》た。

「それに触《さわ》るな!!」

男《おとこ》が必死《ひっし》の形相《ぎょうそう》でコナンの手《て》をつかむ。椅子《いす》の背《せ》につま先立《さきだ》ちしていたコナンは、そのせいでバランスを崩《くず》してしまう。

「ちょあっ」

その拍子《ひょうし》に、握《にぎ》っていた黒《くろ》いケースがすっぽ抜《ぬ》けて、放物線《ほうぶつせん》を描《えが》いて通路《つうろ》の方《ほう》に飛《と》んでいってしまった！

（あ…や、やばい…）

＊　＊　＊

『強《つよ》いショックを与《あた》えるとすぐに作動《さどう》する爆弾《ばくだん》だ…』

＊　＊　＊

「あ――っ!!!」

が、必死《ひっし》に伸《の》ばしたコナンの手《て》は空《くう》を切《き》り、ケースは床《ゆか》に激突《げきとつ》した！

（ちょっ…）

瞬時《しゅんじ》に通路《つうろ》に降《お》りて、床《ゆか》に着《つ》く前《まえ》にケースを受《う》け止《と》めようとする。

ドガッ！

……しかし、何《なに》も起《お》きない。

「え？」

スーツケースは落下《らっか》の衝撃《しょうげき》でフタが開《ひら》き、たくさんのトランクスとランニングシヤツが通路《つうろ》に散《ち》らばった。

「パンツ…？」

男《おとこ》の強面《こわもて》の顔《かお》と、ケースに詰《つ》まっていた物《もの》とのギャップが可笑《おか》しくて、他《ほか》の乗客《じょうきゃく》が声《こえ》を潜《ひそ》めて笑《わら》い出《だ》すのが聞《き》こえた。

「き、きさま…」

男《おとこ》は恥《は》ずかしさで顔《かお》を真《ま》っ赤《か》にしながらコナンのえり首《くび》をつかんで持《も》ち上《あ》げ、7号車《ごうしゃ》の外《そと》に蹴《け》り飛《と》ばした。

「二度《にど》と来《く》るな!!!」

痛《いた》んだ所《ところ》を押《お》さえながら起《お》き上《あ》がると、そこには腰《こし》に手《て》を当《あ》てて仁王立《におうだ》ちしている蘭《らん》がいた。

「コナン君《くん》！」

「ら、蘭《らん》ねえちゃん」

「もーーいたずらっ子《こ》なんだから!!」

男《おとこ》の次《つぎ》は蘭《らん》にえり首《くび》をつかまれ、引《ひ》っ張《ぱ》られていく。

「今度《こんど》やったら承知《しょうち》しないわよ!!」

「あ、でもまだ中《なか》に用《よう》が…」

「ダメよ!!」

目的《もくてき》を果《は》たせないまま7号車《ごうしゃ》が遠《とお》ざかっていく。コナンは蘭《らん》に引《ひ》きずられながら腕時計《うでどけい》を確認《かくにん》した。

(くそっ!! 爆発《ばくはつ》まであと14分《ぷん》しかねー。さっきので一人《ひとり》は消《き》えた…残《のこ》るは三人《さんにん》!! あの中《なか》の誰《だれ》かが、爆弾付《ばくだんつ》きの黒《くろ》いケースを持《も》っている…あの三人《さんにん》の誰《だれ》かが!!!)


(あ、あと11分《ぷん》…時間《じかん》がねーー!!)

蘭《らん》に連《つ》れ戻《もど》されて自分《じぶん》の席《せき》に着《つ》いたコナンは、腕時計《うでどけい》を見《み》つめながら、あの三人《さんにん》のうち、誰《だれ》がケースを持《も》っているのか推理《すいり》し続《つづ》けていた。

（くそぉあいつら…）

＊　＊　＊

『爆発時刻《ばくはつじこく》は3時《じ》10分《ぷん》だ…』

『時限爆弾《じげんばくだん》ですかい？』

『いや…』

『その時刻《じこく》になると、何《なに》も知《し》らずに奴《やつ》は、自《みずか》らそのスイッチを押《お》してしまうんだよ…』

＊　＊　＊

（!?　ま、まさか…何《なに》かに反応《はんのう》して爆発《ばくはつ》するって事《こと》か!?）

それが手掛《てが》かりになるかもしれない。あの三人《さんにん》のうち、一人目《ひとりめ》の男《おとこ》はパソコンを、二人目《ふたりめ》の女性《じょせい》は携帯電話《けいたいでんわ》を、三人目《さんにんめ》のおじいさんはウォークマンを持《も》っていた。

(ダメだ…どれもこれも疑《うたが》わしい機器《メカ》ばかりだ…まだ手掛《てが》かりが足《た》りねー…よーし…もう一度《いちど》、あの三人《さんにん》の乗《の》っている車両《しゃりょう》に行《い》って…)

コナンはそっと椅子《いす》から降《お》りてドアに向《む》かって歩《ある》き出《だ》した。

しかし。

「コラ!!　どこ行《い》くのよコナン君《くん》!!」

奥《おく》から伸《の》びてきた蘭《らん》の手《て》が、コナンの腕《うで》をがっしりと握《にぎ》った。

「おとなしくしてなさいっていったでしょ?」

「あ、あのだから…ちょっとトイレに…」

「トイレはさっき行《い》ったでしょ?」

「の、のどがかわいて…」

「ガマンしなさい!」

「お、おみやげを…」

「それは、帰《かえ》る時《とき》!!」

「さ、散歩《さんぽ》に…」

「ダメったらダメ!!」

席《せき》に引《ひ》き戻《もど》され、しかも窓際《まどぎわ》に座《すわ》らされてしまう。

「まったくいたずらっ子《こ》なんだから…」

蘭《らん》を説得《せっとく》しなければ、再《ふた》び7号車《ごうしゃ》に行《い》くのは不可能《ふかのう》だろう。腕時計《うでどけい》を見《み》ると針《はり》は更《さら》に進《すす》んでいた。

(ま、まずい！　あと7分《ふん》だ!!　こーなったらすべての事情《じじょう》を話《はな》して乗客《じょうきゃく》を避難《ひなん》させるしかない!!　でも、子供《こども》の話《はなし》なんか、誰《だれ》も信《しん》じてくれないし…)

それでも、信《しん》じてもらう手段《しゅだん》がただ一《ひと》つあると、コナンは思《おも》った。

(蘭《らん》にオレの正体《しょうたい》をバラすんだ!!!)

そう、もうそれしかなかった。

(オレの正体《しょうたい》が工藤新一《くどうしんいち》だとわかれば、蘭《らん》も話《はなし》を信《しん》じてくれるはず…蘭《らん》の話《はなし》ならほかの人《ひと》だって…）

ちゃんと説明《せつめい》すれば、蘭《らん》はわかってくれると、新一《しんいち》にはわかっていた。

（でも…オレが子供《こども》の姿《すがた》でまだ生《い》きてる事《こと》が奴《やつ》らに知《し》れたら、必《かなら》ずまたオレの命《いのち》を狙《ねら》ってくる…そうなるとオレのそばにいる蘭《らん》にも危険《きけん》が…し、しかしこのままじゃ…どのみちオレも蘭《らん》も…そしてほかの乗客《じょうきゃく》も…爆発《ばくはつ》で…）

周囲《しゅうい》には、幸《しあわ》せそうに新幹線《しんかんせん》の旅《たび》を楽《たの》しんでいる家族《かぞく》の姿《すがた》があった。

向《む》かいで居眠《いねむ》りしている小五郎《こごろう》も、隣《となり》で本《ほん》を読《よ》んでいる蘭《らん》も、失《うしな》うわけにはいかない大切《たいせつ》な人達《ひとたち》だ。

コナンは、覚悟《かくご》を決《き》めた。

「あ…あのさ蘭《らん》…実《じつ》は…」

「コラ！「蘭《らん》」じゃなくて「蘭《らん》ねえちゃん」でしょ？　ダメよ。年上《としうえ》の人呼《ひとよ》び捨《す》てにしちゃー」

おでこをコツンと叩《たた》いて叱《しか》る蘭《らん》。けれど、コナンは、もう覚悟《かくご》を決《き》めていた。

「……聞《き》いてくれ蘭《らん》……まじめな話《はなし》なんだ……」

「え……？」

コナンはメガネをゆっくりと外《はず》していく。

「ゴメンな蘭《らん》……今《いま》まで隠《かく》してたんだ……」

「か、隠《かく》してた？」

そして、まっすぐに蘭《らん》を見上《みあ》げた。

「オレは江戸川《えどがわ》コナンでも小学生《しょうがくせい》でもない……オレは……本当《ほんとう》のオレの……正体《しょうたい》は……」

と、その時《とき》、通路《つうろ》の向《む》かい側《がわ》の席《せき》に座《すわ》っていた小《ちい》さな女《おんな》の子《こ》が叫《さけ》んだ。

「え――っ！　海《うみ》、通《とお》り過《す》ぎちゃったの――？」

「え？」

反射的《はんしゃてき》にそちらを見《み》ると、女《おんな》の子《こ》のお父《とう》さんが微笑《ほほえ》みながら答《こた》えた。

「そうだよ、ミヨちゃんが寝《ね》てる間《あいだ》にね…」

「えー――」

「それにこっちの席《せき》は山側《やまがわ》だ…どっちみち見《み》えなかったんだよ！」

(山側《やまがわ》!?)

この新幹線《しんかんせん》は東京《とうきょう》から京都《きょうと》に向《む》かって進《すす》んでいる。女《おんな》の子《こ》の家族《かぞく》が座《すわ》っている席《せき》は、進行方向《しんこうほうこう》に対《たい》して右側《みぎがわ》、つまりお父《とう》さんの言《い》う「山側《やまがわ》」なので、確《たし》かに海《うみ》は見《み》えづらいだろう。

しかし、コナンが驚《おどろ》いたのは、別《べつ》の事《こと》だった。

(ま、まてよ あの女《おんな》の人《ひと》…)

＊　＊　＊

「いい眺《なが》めだねー！」

「ええ、今日《きょう》は天気《てんき》がいいから、富士山《ふじさん》もそこからバッチリ！」

＊＊＊

（あの人《ひと》が座《すわ》ってた席《せき》は確《たし》か…海側《うみがわ》だ!!）

そう。女性《じょせい》が座《すわ》っていたのは、海《うみ》しか見《み》えない席《せき》だった。

（あの席《せき》から富士山《ふじさん》を眺《なが》めるのは無理《むり》がある…じゃー彼女《かのじょ》はどこで富士山《ふじさん》を見《み》たんだ？　いったいどこで…!?）

頭《あたま》の中《なか》を閃光《せんこう》が走《はし》る。

（食堂車《しょくどうしゃ》!!）

可能性《かのうせい》の一《ひと》つでしかないが、あり得《え》る事《こと》だった。

（奴《やつ》らが爆弾《ばくだん》付きのケースを渡《わた》したと思《おも》われる食堂車《あそこ》なら景色《けしき》が見渡《みわた》せる！　しかも奴《やつ》らが座《すわ》ったのは山側《やまがわ》だ!!　もし彼女《かのじょ》が、そこで見《み》た景色《けしき》を自分《じぶん》の席《せき》で見《み》たと勘《かん》違《ちが》いしていたとしたら…）

「私《わたし》は食堂車《しょくどうしゃ》には行《い》ってないわよ…」

＊　＊　＊

＊　＊　＊

(あの言葉《ことば》が、例《れい》の取《と》り引《ひ》きを隠《かく》すためにとっさについたウソだとしたら…爆弾《ばくだん》を所持《しょじ》しているのは…彼女《かのじょ》だ!!!)

確《たし》かめなければならない。しかし、時間《じかん》は絶望的《ぜつぼうてき》なほどに残《のこ》っていなかった。

(や、やばい！　あと30秒《びょう》しかねー!!!)

その時《とき》、スピーカーからアナウンスが流《なが》れる。

『お客様《きゃくさま》にご案内《あんない》いたします。携帯電話《けいたいでんわ》をご使用《しよう》になるお客様《きゃくさま》は…ほかのお客様《きゃくさま》のご迷惑《めいわく》になりますので、車両《しゃりょう》の外《そと》のデッキに出《で》て、ご使用《しよう》ください…』

(!?　そうか!!　携帯電話《けいたいでんわ》か!?)

弾《はじ》かれるように通路《つうろ》に飛《と》び出《だ》して走《はし》り出《だ》す。

「ちょっ…ちょっとコナン君《くん》…」

コナンの気迫《きはく》に、蘭《らん》は追《お》いかけるのを忘《わす》れて、その背中《せなか》を見送《みおく》ってしまった。


女性《じょせい》は、黒《くろ》いアタッシュケースを片手《かたて》に提《さ》げ、時計《とけい》を気《き》にしながらデッキに来《き》た。

そしてポーチから携帯電話《けいたいでんわ》を取《と》り出《だ》して電源《でんげん》を入《い》れ、黒《くろ》ずくめの男達《おとこたち》に指定《してい》された番号《ばんごう》を入力《にゅうりょく》した。


走《はし》りながらコナンは考《かんが》える。

(そうだ…パソコンやウォークマンじゃあ、3時《じ》10分《ぷん》に特定《とくてい》のキーやボタンを押《お》させるのは不可能《ふかのう》だ…でも電話《でんわ》なら…番号《ばんごう》と時間《じかん》を指定《してい》すれば、それが可能《かのう》となる!!

おそらくその爆弾《ばくだん》は指定《してい》された電話番号《でんわばんごう》に反応《はんのう》して…）

トゥルルル……トゥルルルル……カチャ。

「もしもし？　もしもし？　あら？　誰《だれ》もでない…」

繋《つな》がったと思《おも》ったが、返事《へんじ》がない。女性《じょせい》は不思議《ふしぎ》に思《おも》いつつも、誰《だれ》かがでるまで待《ま》った。

コナンがようやく2階《かい》に到着《とうちゃく》すると、7号車《ごうしゃ》のデッキにあの女性《じょせい》がいた。足元《あしもと》に黒《くろ》いアタッシュケースを置《お》き、携帯電話《けいたいでんわ》で誰《だれ》かと話《はな》しているように見《み》えた。

同時《どうじ》に、アタッシュケースの隙間《すきま》から光《ひかり》が点滅《てんめつ》しているのが見《み》えた。それが何《なに》を意味《いみ》しているのかは、明白《めいはく》だった。

（し、しまったぁー!!!）

0：10

『クックックッ…作動《さどう》したが最期《さいご》、10秒後《びょうご》には奴《やつ》の体《からだ》は新幹線《しんかんせん》もろとも木《こ》っ端《ぱ》微塵《みじん》だ…』

0：08

「ヤロォ…」

このまま終《お》わるつもりはない。その場《ば》にしゃがんでキック力増強《りょくぞうきょう》シューズのダイヤルスイッチを回《まわ》す。キュイイインと駆動音《くどうおん》が響《ひび》き始《はじ》める。

0：06

地面《じめん》を蹴《け》飛《と》ばして女性《じょせい》に向《む》かって駆《か》け出《だ》す。

0：04

女性《じょせい》は全力《ぜんりょく》で走《はし》ってくるコナンに気付《きづ》いて、「え？」という顔《かお》をする。

「どっ、けえ――!!!」

利《き》き足《あし》を大《おお》きく振《ふ》り上《あ》げ、渾身《こんしん》の力《ちから》を込《こ》めて黒《くろ》いアタッシュケースを蹴《け》っ飛《と》ばす。

0：01

ケースは一直線《いっちょくせん》にドアの窓《まど》を突《つ》き破《やぶ》って空高《そらたか》くに舞《ま》い上《あ》がった。同時《どうじ》に、黒《くろ》いアタッシュケースの中《なか》に入《はい》っていた爆弾《ばくだん》が、爆発《ばくはつ》を起《お》こした。

0：00

ドオオオオオオオオンッ！

「ふ〰〰〰」

なんとか危機《きき》を脱《だっ》して、コナンはその場《ば》に膝《ひざ》を突《つ》く。腰《こし》が抜《ぬ》けたのか床《ゆか》に座《すわ》り込《こ》んでいた女性《じょせい》が、信《しん》じられないといった顔《かお》でコナンを見《み》つめる。

「き、き、君《きみ》はいったい…？」

コナンの答《こた》えは決《き》まっていた。

「江戸川《えどがわ》コナン‼　探偵《たんてい》さ‼」

「た、たん…？」

女性《じょせい》が驚《おどろ》いていると、ようやく追《お》いついた蘭《らん》がコナンをつかみ、叱《しか》りながら席《せき》に引《ひ》きずっていった。後《あと》には、あまりの事《こと》に何《なに》が何《なに》やらわからない女性《じょせい》だけが残《のこ》された。

その後《ご》…新幹線《しんかんせん》は止《と》まるわ、警察《けいさつ》は来《く》るわ、結婚式《けっこんしき》に遅《おく》れるわで大変《たいへん》だったけど
…なんとかケガ人《にん》を一人《ひとり》も出《だ》さずに事《こと》なきを得《え》た。

あの女性《じょせい》が電話《でんわ》をかけた理由《りゆう》は、ロックされたケースの開《あ》け方《かた》を黒《くろ》ずくめの男達《おとこたち》に教《おし》えてもらう約束《やくそく》をしていたためだった…。

もちろんロックされてたのも、その時刻《じこく》に電話《でんわ》させたのも、奴《やつ》らが仕組《しく》んだワナだったのだが…。

こうして彼女《かのじょ》は警察《けいさつ》に洗《あら》いざらいを話《はな》したが、黒《くろ》ずくめの男達《おとこたち》と深《ふか》くかかわった人間《にんげん》ではなかったようで、結局《けっきょく》、奴《やつ》らの正体《しょうたい》は深《ふか》い霧《きり》に包《つつ》まれたままになった…。

でも今回《こんかい》、その霧《きり》は少《すこ》しだけ晴《は》れてくれた…。

ジンとウォッカ…奴《やつ》らのコードネーム…オレはこの名前《なまえ》を二度《にど》と忘《わす》れない…。

奴《やつ》らを追《お》い詰《つ》めるまでは、絶対《ぜったい》に!!!

江《え》戸《ど》川《がわ》コナン誘《ゆう》拐《かい》事《じ》件《けん》

DETECTIVE CONAN

昨日《きのう》から降《ふ》り続《つづ》いている雪《ゆき》で、道路《どうろ》も建物《たてもの》の屋根《やね》も真《ま》っ白《しろ》に覆《おお》われている冬《ふゆ》のある日《ひ》。江戸川《えどがわ》コナンが毛利探偵事務所《もうりたんていじむしょ》のTV《テレビ》で格闘《かくとう》ゲームを遊《あそ》んでいると、後《うし》ろから少《すこ》し怒《おこ》った声《こえ》がした。

「ちょっとーコナン君《くん》…？　ちゃんとわたしの話《はなし》　聞《き》いてるの？」

「え？」

振《ふ》り返《かえ》ると、学校《がっこう》から帰《かえ》ってきたばかりで、まだ制服《せいふく》のままの毛利蘭《もうりらん》が立《た》っていた。雪《ゆき》がついたのだろう、そで口《ぐち》が少《すこ》し濡《ぬ》れている。さっきから話《はな》しかけていたようだが、ゲームに夢中《むちゅう》でコナンは気付《きづ》かなかった。

「だからーコナン君《くん》のご両親《りょうしん》の事《こと》よー！」

「ああ…」

生返事《なまへんじ》をしてゲームに戻《もど》ると、蘭《らん》は「「ああ」じゃないわよ!!」と近寄《ちかよ》ってくる。

「あなたをここに預《あず》けて海外《かいがい》に転勤《てんきん》しちゃってからもう随分《ずいぶん》たつのよ!!　コナン君《くん》

さみしくないの？」

「べ…別《べつ》に…」

「も〜っ…」

蘭《らん》は本気《ほんき》で心配《しんぱい》してくれているのだろうが、コナンとしては適当《てきとう》にごまかしたい話題《わだい》だった。

すると、蘭《らん》の父親《ちちおや》、毛利小五郎《もうりこごろう》も腕《うで》を組《く》んで顔《かお》をしかめる。

「——ったくなんて親《おや》だ…一度《いちど》も顔《かお》を見《み》せないうえに連絡《れんらく》すらよこさんとは…」

（や、やベーな…小《ちい》さくなったオレをここに預《あず》かってもらうためについたウソがバレかけてる…）

とはいえ、本物《ほんもの》の新一《しんいち》の両親《りょうしん》も今外国《いまがいこく》に行《い》っているので、まんざらウソでもないのだが。

小五郎《こごろう》はあくびをしながら立《た》ち上《あ》がり、蘭《らん》に聞《き》いた。

「確《たし》かこいつ…阿笠博士《あがさはかせ》から預《あず》かって来《き》たんだよな？」

「うん…」

「だったら博士《はかせ》に両親《りょうしん》の連絡先《れんらくさき》だけでも聞《き》いといた方《ほう》がいいんじゃないのか？」

焦《あせ》って二人《ふたり》を止《と》めるコナン。

「ダ、ダメだよ　そんな事《こと》しちゃ」

その時《とき》。


ピンポーン。


事務所《じむしょ》のチャイムが鳴《な》り、ドアにはめ込《こ》まれた曇《くも》りガラス越《ご》しに、人《ひと》のシルエットが映《うつ》った。蘭《らん》が「あ、はーい！」とそちらに向《む》かう。

小五郎《こごろう》はコナンの焦《あせ》り方《かた》を怪《あや》しく感《かん》じたらしく、

「なんだー？　連絡《れんらく》されたらマズイ事《こと》でもあんのか？」

（マ、マズイ…早《はや》くなんか別《べつ》の手《て》をうたねーと…オレの正体《しょうたい》が工藤新一《くどうしんいち》だって事《こと》が…バレちまう!!)

ごまかす方法《ほうほう》を求《もと》めて周囲《しゅうい》を見渡《みわた》すと、蘭《らん》が開《ひら》いたドアの前《まえ》に立《た》って、そこにいる人《ひと》と話《はなし》をしているのが見《み》えた。外《そと》にいる人《ひと》の姿《すがた》は見《み》えないが、その人《ひと》の言葉《ことば》を聞《き》いて、蘭《らん》が急《きゅう》に笑顔《えがお》になり、コナンの元《もと》に駆《か》け寄《よ》ってきた。

「来《き》た！　来《き》たわよコナン君《くん》!!」

「え？」

「ホラ、あそこに…」

蘭《らん》が嬉《うれ》しそうに入《い》り口《ぐち》を示《しめ》すと、外《そと》にいた人《ひと》が微笑《ほほえ》みながら入《はい》ってきた。

その人《ひと》を見《み》ながら、蘭《らん》は驚《おどろ》くべきことを口《くち》にした。

「あなたのお母《かあ》さんが!!!」

「………え？」

突然《とつぜん》の事《こと》にポカンとするコナン。

コートを持《も》ちながら近《ちか》づいてくる30代後半《だいこうはん》と思《おも》われる少《すこ》し太《ふと》ったメガネの女性《じょせい》は、コナンを見《み》るなり目《め》から涙《なみだ》をこぼし始《はじ》めた。

「ごめんねコナンちゃん…一人《ひとり》でさみしかったでしょう…」

そしてしゃがみ込《こ》み、黒《くろ》い手袋《てぶくろ》をした腕《うで》で、コナンをギュッと抱《だ》きしめた。

「でも、もう安心《あんしん》よ…さあ、ママといっしょに帰《かえ》りましょ!!」

ようやく我《われ》に返《かえ》ったコナンは、慌《あわ》ててその腕《うで》を振《ふ》り払《はら》った。

「だ…誰《だれ》だおまえは!?」

緊張《きんちょう》した面持《おもも》ちで後《あと》ずさるコナンと、驚《おどろ》いた顔《かお》をする女性《じょせい》とを、蘭《らん》が交互《こうご》に見《み》る。

「え？　ちがうの？」

女性《じょせい》は立《た》ち上《あ》がり、目尻《めじり》に残《のこ》った涙《なみだ》をふきながら笑顔《えがお》に戻《もど》る。

「やーね、この子《こ》ったらきっとすねてるんですわ…ずっとほったらかしにしてたものだから…」

女性《じょせい》はポーチを開《あ》けて名刺《めいし》入《い》れを取《と》り出《だ》し、蘭《らん》に名刺《めいし》を差《さ》し出《だ》した。「江戸川文代《えどがわふみよ》」と書《か》いてある。

「私《わたし》の名前《なまえ》は江戸川文代《えどがわふみよ》…正真正銘《しょうしんしょうめい》の江戸川《えどがわ》コナンの…母親《ははおや》ですわ…」

(ち、ちがう!!　「江戸川《えどがわ》コナン」はオレが作《つく》った架空《かくう》の名前《なまえ》…そのコナンに親《おや》がいるわけがない!!　だいいちこんなオバさん見《み》た事《こと》もねー!!)

蘭《らん》や小五郎《こごろう》と楽《たの》しげに談笑《だんしょう》を始《はじ》めた江戸川文代《えどがわふみよ》と名乗《なの》る女性《じょせい》を、コナンは見《み》つめる。

(じゃーこの人《ひと》はいったいなんだ?　何者《なにもの》なんだ!?)

その後《ご》も、コナンはこの女性《じょせい》は母親《ははおや》ではないと蘭達《らんたち》に訴《うった》えたが、とはいえ証拠《しょうこ》を示《しめ》すこともできず、気付《きづ》けば女性《じょせい》のペースで事務所《じむしょ》から連《つ》れ出《だ》され、彼女《かのじょ》が乗《の》ってきた車《くるま》の助手席《じょしゅせき》に押《お》し込《こ》まれていた。

「いろいろお世話《せわ》になりました…このお礼《れい》は後日《ごじつ》…」

「はいはい、いつでも待《ま》ってますぞ！」

事務所《じむしょ》の前《まえ》に止《と》めていた車《くるま》の前《まえ》で女性《じょせい》が深々《ふかぶか》とお辞儀《じぎ》をすると、小五郎《こごろう》は晴《は》れ晴《ば》れとした笑顔《えがお》で返《かえ》した。いっしょに外《そと》に出《で》てきた蘭《らん》は助手席《じょしゅせき》のコナンに笑《わら》いかける。

「じゃーね、コナン君《くん》！　向《む》こうに着《つ》いたら手紙《てがみ》ちょうだいねー―」

コナンは助手席《じょしゅせき》の窓《まど》を何度《なんど》も叩《たた》きながら助《たす》けを求《もと》めるが、声《こえ》はガラスに阻《はば》まれて、外《そと》にいる小五郎《こごろう》と蘭《らん》には届《とど》かなかった。コナンの姿《すがた》を見《み》て小五郎《こごろう》が蘭《らん》に笑《わら》いかける。

「おーおーおまえとの別《わか》れを悲《かな》しんどるぞ!!」

そうこうしているうちに、女性《じょせい》は「では…」と会釈《えしゃく》をして車《くるま》に乗《の》り込《こ》み、発進《はっしん》させた。小五郎《こごろう》が大《おお》きく手《て》を振《ふ》って叫《さけ》ぶ。

「奥《おく》さーん、お礼《れい》を忘《わす》れないでくださいよー―!!」

コナンが母親《ははおや》の元《もと》に戻《もど》れるという嬉《うれ》しさと、同居《どうきょ》していた彼《かれ》がいなくなるさみしさをないまぜにしながら、蘭《らん》は笑顔《えがお》でその車《くるま》を見送《みおく》った。

（バイバイ　コナン君《くん》…）

雪《ゆき》はまだ降《ふ》り続《つづ》いている。走《はし》る車《くるま》の中《なか》で、コナンは運転《うんてん》している女性《じょせい》をにらみつけた。

「ねえ…誰《だれ》なのおばさん…？」

「ホホホ、いったでしょ？　私《わたし》はあなたの母親《ははおや》だって…」

女性《じょせい》は前方《ぜんぽう》を向《む》いたまま、笑顔《えがお》で答《こた》える。コナンは声《こえ》を荒《あら》らげた。

「ちがうよ！　だってボクの母《かあ》さんは…」

すると、女性《じょせい》は急《きゅう》に低《ひく》い声《こえ》になり、ボソリと言《い》った。

「工藤有希子《くどうゆきこ》…」

「え？」

思《おも》わぬ名前《なまえ》を聞《き》いて驚《おどろ》くコナン。女性《じょせい》は笑顔《えがお》のまま、けれど、冷《つめ》たい声色《こわいろ》で続《つづ》けた。

「そう…あなたの母《はは》は、かつて世界中《せかいじゅう》の男性《だんせい》を魅了《みりょう》し、19歳《さい》の若《わか》さで賞《しょう》という賞《しょう》を総《そう》なめにした日本《にっぽん》きっての美人女優《びじんじょゆう》…しかし、若手小説家《わかてしょうせつか》・工藤優作《くどうゆうさく》と恋《こい》におち20歳《さい》で結婚《けっこん》…そしてあっさり引退《いんたい》…その後《ご》、息子《むすこ》が一人《ひとり》できたが、現在《げんざい》はその息子《むすこ》をおいて今《いま》や世界的推理小説家《せかいてきすいりしょうせつか》となった夫《おっと》、優作《ゆうさく》とともに海外《かいがい》へ…」

それは確《たし》かに、コナンの母親《ははおや》である工藤有希子《くどうゆきこ》の事《こと》だった。

前方《ぜんぽう》の信号《しんごう》が黄色《きいろ》に変《か》わり、交差点《こうさてん》の前《まえ》で車《くるま》が停止《ていし》する。女性《じょせい》は「そうよね？」と、助手席《じょしゅせき》のコナンを見下《みお》ろす。

「一人息子《ひとりむすこ》の……工藤新一君《くどうしんいちくん》？」

全身《ぜんしん》に緊張《きんちょう》が走《はし》る。コナンの正体《しょうたい》を知《し》っているこの女性《じょせい》は何者《なにもの》なのか!?

（ま、まさかこいつ…オレに薬《くすり》を飲《の》ませて体《からだ》を小《ちい》さくした…黒《くろ》ずくめの男《おとこ》の仲間《なかま》

か⁉）

「おっと動《うご》かないでよ‼」

反射的《はんしゃてき》に扉《とびら》に手《て》を伸《の》ばそうとしたその時《とき》、目《め》の前《まえ》に拳銃《けんじゅう》が突《つ》きつけられる。無駄《むだ》のない、慣《な》れた動《うご》きだった。

「じっとしていればおばさんが、いい所《ところ》へ連《つ》れてってあげるわ…もっと楽《たの》しい場所《ばしょ》へね…」

歩行者《ほこうしゃ》の信号《しんごう》が青《あお》になり、傘《かさ》を差《さ》した歩行者《ほこうしゃ》が横断歩道《おうだんほどう》を渡《わた》り始《はじ》める。

コナンはそれを見計《みはか》らい、瞬時《しゅんじ》にシートを引《ひ》いて運転席《うんてんせき》の足元《あしもと》に滑《すべ》り込《こ》んだ。

「な⁉」

驚《おどろ》く女性《じょせい》を無視《むし》してアクセルペダルを一気《いっき》に踏《ふ》み込《こ》む。車《くるま》が急発進《きゅうはっしん》し、左右《さゆう》から近《ちか》づいてくる歩行者《ほこうしゃ》の隙間《すきま》を抜《ぬ》けて交差点《こうさてん》に突入《とつにゅう》した。

「ゲッ」「な⁉」「うわっ‼」

焦《あせ》った女性《じょせい》がブレーキを力《ちから》いっぱい踏《ふ》む。既《すで》に交差点《こうさてん》に進入《しんにゅう》し始《はじ》めていた何台《なんだい》かの車《くるま》が、飛《と》び込《こ》んできた車《くるま》を避《よ》けるために慌《あわ》ててハンドルを切《き》って急停止《きゅうていし》し、運転《うんてん》手《しゅ》がリアウィンドウを開《あ》けて怒鳴《どな》る。

「バカヤロォ！　どこ見《み》てやがんだ!!」

「ババァ　早《はや》くどけ!!」

周囲《しゅうい》で事故《じこ》が起《お》きてないことを素早《すばや》く確認《かくにん》してから、女性《じょせい》が助手席《じょしゅせき》に目《め》をやると、そこにコナンの姿《すがた》はなかった。

「!?」

助手席《じょしゅせき》のドアは開《ひら》かれていて、車《くるま》の隙間《すきま》をコナンが走《はし》り抜《ぬ》けているのが見《み》えた。

「だ、誰《だれ》かその子《こ》を捕《つか》まえて――！」

叫《さけ》んではみたものの、コナンの姿《すがた》はすぐに降《ふ》りしきる雪《ゆき》に隠《かく》れて見《み》えなくなった。

「……」

車《くるま》が入《はい》ってこられない路地《ろじ》まで来《き》てから、ようやくコナンは立《た》ち止《ど》まり、ブロック塀《べい》に手《て》を置《お》いた。全力《ぜんりょく》で走《はし》ってきた事《こと》もあって、ハアハアと呼吸《こきゅう》する。

（なぜだ⁉ なんでオレの正体《しょうたい》が奴《やつ》らにバレたんだ⁉ どうして…）

なにかミスをしたのだろうかと、これまでの行動《こうどう》を思《おも》い出《だ》す。すると、

（ま、まさか前《まえ》の事件《じけん》でオレが「工藤新一《くどうしんいち》」の名前《なまえ》を使《つか》ったから…）

少《すこ》し前《まえ》に遭遇《そうぐう》した事件《じけん》で、❢3コナンは事件《じけん》を解決《かいけつ》するために、目暮警部達《めぐれけいぶたち》に電話越《でんわご》しに工藤新一《くどうしんいち》として自身《じしん》の推理《すいり》を披露《ひろう》したのだ。

（そうか…それで奴《やつ》ら、薬《くすり》で殺《ころ》したはずのオレがまだ生《い》きている事《こと》をどこかで聞《き》きつけて…くそぉ…警部《けいぶ》にオレの名前《なまえ》は出《だ》さないでくれって頼《たの》んだのに…）

じわじわと怒《いか》りが湧《わ》いてくるが、雪《ゆき》とともに吹《ふ》く風《かぜ》が、コナンの頭《あたま》を冷《ひ》やしていく。

（……ハハハ…バカだな…みんなオレのせいじゃねーか…）

工藤新一《くどうしんいち》が生《い》きている事《こと》を報《しら》せないで事件《じけん》を解決《かいけつ》する方法《ほうほう》もあったはずだ。目暮《めぐれ》

❢3：事件の詳細は少年サンデーコミック「名探偵コナン」5巻、FILE.6～9でチェック！

警部《けいぶ》への怒《いか》りは、やつあたりでしかない。

(……これからどーする？　工藤新一《くどうしんいち》…蘭《らん》の所《ところ》へ戻《もど》ってすべてを話《はな》すか？　いや、今《いま》あそこへ戻《もど》ったら蘭達《らんたち》が危険《きけん》にさらされる…)

次《つぎ》の行動《こうどう》が決《き》まらないまま、コナンは歩《ある》き出《だ》した。上着《うわぎ》を着《き》ずに逃《に》げた事《こと》もあって、降《ふ》り続《つづ》ける雪《ゆき》の冷《つめ》たさが余計《よけい》に体《からだ》にこたえた。

(くそぉ　どーすりゃ…どーすりゃいいんだ⁉)


『なに？　逃《に》げられた⁉』

一方《いっぽう》、女性《じょせい》は車《くるま》の中《なか》で携帯電話《けいたいでんわ》をかけていた。相手《あいて》はどうやら男性《だんせい》のようだ。

「ええ…ウカツだったわ…でも、どうやらあのボウヤは工藤新一《くどうしんいち》にまちがいなさそーね…」

『フフフ…そうか…まさか本当《ほんとう》に小《ちい》さくなっていたとはな…』

男《おとこ》はとても楽《たの》しげに女性《じょせい》に伝《つた》えた。

『よーし探《さが》せ！　もたもたして警察《けいさつ》にでも行《い》かれたら面倒《めんどう》だ!!』

「でも　どこを？」

そう、問題《もんだい》はコナンの現在《げんざい》の居場所《いばしょ》がわからないことだ。しかし、男《おとこ》は自信《じしん》ありげに答《こた》えた。

『心配《しんぱい》するな…奴《やつ》の次《つぎ》の行《い》き場所《ばしょ》は、おそらくあそこだ!!』


悩《なや》んだ末《すえ》にコナンがやってきたのは、阿笠博士《あがさはかせ》の家《いえ》だった。

(やっぱ事情《じじょう》をすべて知《し》ってる阿笠博士《あがさはかせ》に相談《そうだん》するっきゃねーな…)

しかし、阿笠博士《あがさはかせ》は外出中《がいしゅつちゅう》だったので、コナンは博士《はかせ》が帰《かえ》ってくるのを待《ま》たなければならなかった。

さっきの女性《じょせい》に見《み》つからないように狭《せま》い路地《ろじ》に体《からだ》を隠《かく》し、そこから家《いえ》の前《まえ》を確認《かくにん》していた。

(しかし…遅《お》せーなー博士《はかせ》…こんな時《とき》にどこほっつき歩《ある》いてんだよ…)

降《ふ》る雪《ゆき》の勢《いきお》いは更《さら》に増《ま》し、冷《ひ》えきって感覚《かんかく》がなくなっていく両手《りょうて》にハーハーと温《あたた》かい息《いき》をかける。やがて、

(ん?)

人通《ひとどお》りのない道《みち》の遠《とお》くからザッザッと足音《あしおと》が聞《き》こえ、傘《かさ》を差《さ》した阿笠博士《あがさはかせ》が近《ちか》づいてくるのが見《み》えた。

(か、帰《かえ》って来《き》た!!)

「は、博《はか》…」

と、その時《とき》。


ガバッ!

「!?」

後《うし》ろから伸《の》びた何者《なにもの》かの手《て》が、コナンの口元《くちもと》にハンカチを押《お》しつけた！　じっとりと湿《しめ》ったそのハンカチの臭《にお》いをかいだ途端《とたん》、コナンの意識《いしき》が急速《きゅうそく》に遠《とお》ざかっていく。

「うぐ…」

「フフフ…ゆっくりおやすみ…ボウヤ…」

メガネの女性《じょせい》はコナンを引《ひ》きずって路地《ろじ》の奥《おく》に進《すす》む。阿笠博士《あがさはかせ》はそれには気付《きづ》かず、家《いえ》の中《なか》に入《はい》っていった。

――コナンがうっすらと目《め》を開《ひら》くと、見知《みし》らぬ天井《てんじょう》が目《め》に映《うつ》った。

(!?　なんだここは…?)

意識《いしき》が急速《きゅうそく》にはっきりして、体《からだ》をガバっと起《お》こす。気絶《きぜつ》させられていたようだ。

両腕《りょううで》が後《うし》ろに回《まわ》されて胴体《どうたい》がロープで縛《しば》られていたが、上手《うま》くバランスを取《と》って部《へ》屋《や》を見渡《みわた》す。

(キッチンみたいだけど…)

隅《すみ》にある冷蔵庫《れいぞうこ》は扉《とびら》が開《あ》きっぱなしで電源《でんげん》が入《はい》っている気配《けはい》はなく、床《ゆか》に敷《し》かれているタイルも大半《たいはん》がはがれていた。ひどく散《ち》らかっていて、何年《なんねん》も使《つか》われていない部屋《へや》のように見《み》えた。

(くそぉ…まだ頭《あたま》がクラクラしやがる……あのババァ変《へん》な薬《くすり》かがせやがって…)

流《なが》し台《だい》の上《うえ》には窓《まど》がついていたので、よじ登《のぼ》って外《そと》を見《み》てみる。その時初《ときはじ》めて、自分《じぶん》のいる所《ところ》が2階《かい》だと知《し》った。雪《ゆき》はやみ、空《そら》には綺麗《きれい》な三日月《みかづき》が浮《う》かんでいた。

(そうか…オレが気絶《きぜつ》している間《あいだ》に、このボロ家《や》の2階《かい》に運《はこ》ばれたんだ…)

家《いえ》の前《まえ》にはあの女性《じょせい》が乗《の》っていた車《くるま》が止《と》まっていた。コナンを眠《ねむ》らせてここに監《かん》禁《きん》したのは、「江戸川文代《えどがわふみよ》」を名乗《なの》ったあの女性《じょせい》に間違《まちが》いないだろう。

と、その時《とき》、部屋《へや》の外《そと》から男《おとこ》の大声《おおごえ》が聞《き》こえてきた。

「なに？　まだ殺《ころ》してないだと!?」

声《こえ》がした方《ほう》に顔《かお》を向《む》けると、朽《く》ちかけている木《き》の扉《とびら》があり、所々《ところどころ》空《あ》いた穴《あな》から光《ひかり》が漏《も》れていた。コナンは静《しず》かに扉《とびら》に近《ちか》づき、穴《あな》の一《ひと》つからそっとのぞいた。

「無理《むり》な事《こと》をおいいでないよ!!　それが上《うえ》の命令《めいれい》なんだから…」

(さっきのババアだ…)

女性《じょせい》の手前《てまえ》には、こちらに背《せ》を向《む》けている人影《ひとかげ》があった。マントと古風《こふう》なシルクハットをかぶっていて、顔《かお》は見《み》えないが、背《せ》の高《たか》さと肩幅《かたはば》からすると男《おとこ》だろう。

どうやら二人《ふたり》はなにか口論《こうろん》しているようだ。女性《じょせい》の方《ほう》が困惑《こんわく》した顔《かお》で言《い》う。

「なんでも薬《くすり》の副作用《ふくさよう》の特例《とくれい》として、組織《そしき》に連《つ》れ帰《かえ》り調《しら》べるそうよ…」

「フン…わざわざオレ様《さま》が出向《でむ》いたというのに…」

(そうか…それでオレを殺《ころ》さなかったのか…それにしてもあの男《おとこ》…)

男《おとこ》の顔《かお》が見《み》えないものかと更《さら》に扉《とびら》に近《ちか》づくと、ちょうど男《おとこ》がこちらに振《ふ》り返《かえ》った。

(ん？　な⁉　なに⁉)

なんと男《おとこ》は、大《おお》きな仮面《かめん》で顔全体《かおぜんたい》を覆《おお》っていた！　仮面《かめん》には大《おお》きく裂《さ》けた口《くち》や目《め》が描《か》かれていて、楽《たの》しげなようにも残忍《ざんにん》なようにも見《み》えた。

(なんだこの仮面《かめん》の男《おとこ》は⁉　やべ…こ、こっちへ来《く》る!!!)

驚《おどろ》くコナンだったが、男《おとこ》がこちらに近《ちか》づいてきたので、慌《あわ》てて元《もと》いた場所《ばしょ》に寝転《ねころ》び気絶《きぜつ》しているフリをする。

扉《とびら》に空《あ》いている穴《あな》の前《まえ》にしゃがみ、隣《となり》の部屋《へや》をじっとのぞいている仮面《かめん》の男《おとこ》に女《じょ》性《せい》が聞《き》く。

「あのボウヤ起《お》きたのかい？」

「いや…まだ薬《くすり》が効《き》いているようだ…ぐっすり眠《ねむ》っている…」

気絶《きぜつ》したフリをしたまま耳《みみ》を澄《す》ませているコナンを見《み》ながら男《おとこ》が言《い》う。

「しかし、あれが本当《ほんとう》に高校生探偵《こうこうせいたんてい》　工藤新一《くどうしんいち》なのか？　オレにはただのガキにしか見《み》えんが…」

「そうね…私《わたし》もまだ信《しん》じられないけど…工藤新一《くどうしんいち》が行方不明《ゆくえふめい》になった日《ひ》と、あのボウヤが例《れい》の探偵事務所《たんていじむしょ》に現《あらわ》れた日《ひ》が一致《いっち》するし、その後《ご》、ボウヤのまわりで起《お》きた事件《じけん》はなぜかすんなり解決《かいけつ》している…」

自分《じぶん》でも荒唐無稽《こうとうむけい》な話《はなし》をしていると思《おも》いながらも、女性《じょせい》は真剣《しんけん》に訴《うった》える。

「それに昼間《ひるま》、私《わたし》の車《くるま》から逃《に》げたあの手際《てぎわ》の良《よ》さ…どう見《み》てもあれは工藤新一《くどうしんいち》本人《ほんにん》!!　組織《そしき》が新開発《しんかいはつ》した例《れい》の薬《くすり》で小《ちい》さくなったとしか考《かんが》えられないわ!!」

「ああ…口封《くちふう》じのために、組織《そしき》が奴《やつ》に飲《の》ませたあの薬《くすり》か…」

男《おとこ》は立《た》ち上《あ》がって女性《じょせい》の方《ほう》を見《み》た。

「だが、あれは死体《したい》から毒《どく》が検出《けんしゅつ》されない毒薬《どくやく》だったはずだが…」

「そうよ…だからまだ信《しん》じられないのよ！」

「フフフ…それじゃー試《ため》してみるか?」

「試《ため》す?」

男《おとこ》はマントの内側《うちがわ》から小《ちい》さなケースを取《と》り出《だ》し、女性《じょせい》に向《む》けてフタを開《ひら》く。そこには真《ま》っ白《しろ》なカプセルが8錠《じょう》、入《はい》っていた。

「オレも持《も》っているんだよ…組織《そしき》が新開発《しんかいはつ》した例《れい》の毒薬《どくやく》を…こいつをほかの人間《にんげん》に飲《の》ませれば、本当《ほんとう》にこれで人間《にんげん》が小《ちい》さくなるかわかるはずだ…」

(!?)

コナンはあやうく声《こえ》を出《だ》してしまうくらい驚《おどろ》いた。仮面《かめん》の男《おとこ》があの薬《くすり》を持《も》っているだって!?

「でも誰《だれ》に飲《の》ませるんだい?」

「フフフ…明日《あした》、我々《われわれ》が取《と》り引《ひ》きする例《れい》の男《おとこ》だ…組織《そしき》は取《と》り引《ひ》きが終《お》わりしだいその男《おとこ》を始末《しまつ》しろといっている…この薬《くすり》を試《ため》すにはちょうどいい…」

「で? その薬《くすり》で小《ちい》さくなる事《こと》がわかったらどうするつもりなんだい?」

「ククク…とりあえず取《と》り引《ひ》き相手《あいて》の男《おとこ》を殺《ころ》し…そしてその後《あと》…そこに寝《ね》ているボウズの息《いき》の根《ね》をとめるのだ!!」

楽《たの》しそうな男《おとこ》に対《たい》し、女性《じょせい》が焦《あせ》った声《こえ》で「いったじゃないのさ!」と叫《さけ》ぶ。

「あの子《こ》は薬《くすり》の副作用《ふくさよう》の特例《とくれい》として調《しら》べるから、組織《そしき》に連《つ》れ帰《かえ》ろと上《うえ》に命令《めいれい》されてるって…」

「フン…組織《そしき》の秘密《ひみつ》を知《し》った者《もの》を生《い》かしておけるか…それに、どーせ解剖《かいぼう》するんだ…連《つ》れ帰《かえ》るのは死体《したい》でもよかろう…上《うえ》には逃《に》げられそーになったから、やむなく撃《う》ち殺《ころ》したとでもいっておけ…」

喉《のど》の奥《おく》でククク と笑《わら》う仮面《かめん》の男《おとこ》に、女性《じょせい》はなおも「し、しかし…」と食《く》い下《さ》がる。

すると、

「くどいな!」

突然《とつぜん》男《おとこ》は拳銃《けんじゅう》を抜《ぬ》き、女性《じょせい》の額《ひたい》に銃口《じゅうこう》を向《む》けた。

「!?」

「これがオレのやり方《かた》だ…つべこべぬかすと、死体《したい》がもう一体増《いったいふ》える事《こと》になる…」

「わ、わかったよ…」

男《おとこ》は拳銃《けんじゅう》をマントの中《なか》にしまう。

「それより　明日《あした》、会《あ》う男《おとこ》に取《と》り引《ひ》き場所《ばしょ》をちゃんと教《おし》えたんだろーな…？」

「ええ…いつもの呼《よ》び出《だ》し方法《ほうほう》で…」

「取《と》り引《ひ》きは13時《じ》だ！　それまでたっぷり寝《ね》ておけ！」


充分《じゅうぶん》な時間《じかん》を置《お》いてから、コナンは音《おと》を立《た》てないように起《お》き上《あ》がり、再《ふたた》び扉《とびら》に空《あ》いた穴《あな》から隣《となり》の部屋《へや》をのぞいた。

（よーし　二人共《ふたりとも》ぐっすり眠《ねむ》ってる…うへ…あいつ仮面《かめん》を付《つ》けたままだ…薄気味悪《うすきみわる》いヤローだぜ…）

仮面《かめん》の男《おとこ》は長椅子《ながいす》に寝《ね》そべり、メガネの女性《じょせい》は毛布《もうふ》を体《からだ》に巻《ま》いて扉《とびら》に背《せ》を向《む》けた椅子《いす》に座《すわ》っていた。耳《みみ》を澄《す》ますと、二人分《ふたりぶん》の小《ちい》さな寝息《ねいき》が聞《き》こえた。

(とにかくこの縄《なわ》を解《と》いて、ここから逃《に》げ出《だ》さなきゃ…)

ロープを切《き》る道具《どうぐ》を探《さが》して部屋《へや》の中《なか》を見《み》て回《まわ》ると、流《なが》し台《だい》の下《した》の納戸《なんど》に飲《の》みかけのワインのビンが残《のこ》されているのを見《み》つけた。

(お! ワインのビンだ…よーし、ビンをマットにくるんで……)

手《て》が使《つか》えないので足《あし》でビンを転《ころ》がして、近《ちか》くにあったマットでくるむ。ワインにはまだ半分《はんぶん》ほど中身《なかみ》が入《はい》っていて、ずっしりと重《おも》かった。

マットでくるんだワインを両足《りょうあし》で挟《はさ》んで持《も》ち上《あ》げ、壁《かべ》にぶつける。

(そーっと…)

パリンッ。

ビンの割《わ》れる音《おと》はくるんだマットにほとんど吸収《きゅうしゅう》されたが、それでもわずかに漏《も》れた。

(やべ…今《いま》の音聞《おとき》こえちゃったかな…?」

しばらくじっとしていたが、二人《ふたり》が起《お》きた気配《けはい》はなかった。

(大丈夫《だいじょうぶ》…まだ寝《ね》てる…よーし今《いま》のうちに…ビンの破片《はへん》で縄《なわ》を…)

マットをめくって割《わ》れたビンの破片《はへん》を後手《うしろで》に握《にぎ》り、腕《うで》を縛《しば》っているロープを切《き》る。

一本《いっぽん》切《き》ると、体《からだ》にぐるぐるに巻《ま》かれていたロープがバサっと床《ゆか》に落《お》ち、自由《じゆう》になった。

(ふー…なんとか縄《なわ》は解《と》けたな…でも…2階《かい》のこの部屋《へや》からどーやって外《そと》に出《で》るんだ?)

部屋《へや》の出口《でぐち》は二《ふた》つしかない。男達《おとこたち》が寝《ね》ている部屋《へや》へ続《つづ》く扉《とびら》と、流《なが》し台《だい》の上《うえ》にある窓《まど》だ。しかしここは2階《かい》なので、窓《まど》から出《で》るには工夫《くふう》が必要《ひつよう》だろう。

(雪《ゆき》があるとはいえ、飛《と》び降《お》りるのはあまりにも危険《きけん》だ…)

部屋《へや》の中《なか》で身《み》を隠《かく》せる場所《ばしょ》は、見《み》た限《かぎ》り一《いっ》か所《しょ》しかない。

(やっぱ、あの冷蔵庫《れいぞうこ》に隠《かく》れるっきゃねーな…)

考《かん》えながら流《なが》し台《だい》から降《お》りて冷蔵庫《れいぞうこ》に向《む》かおうとした時《とき》、コナンの耳《みみ》に、ピチャンピチャンと小《ちい》さく水《みず》がしたたる音《おと》が聞《き》こえた。

（ん？　なんだこの音《おと》は？）

音《おと》のした方《ほう》に向《む》かうと、さっきビンを割《わ》るのに使《つか》ったマットがあった。割《わ》れたビンの中《なか》に残《のこ》っていたワインを吸《す》ってびしょぬれになっている。

（そうか…さっき割《わ》ったワインがどっかに漏《も》れてんだ…）

なんとはなしにそのマットをめくりあげる。と、コナンはそこに意外《いがい》な物《もの》を発見《はっけん》した。

（!?　こ、これは!?）


翌朝《よくあさ》。

急《きゅう》に女性《じょせい》に起《お》こされた仮面《かめん》の男《おとこ》は、彼女《かのじょ》からの報告《ほうこく》を聞《き》いて声《こえ》を荒《あら》らげた。

「なに!?　ガキがいなくなった!?」

「ええ！　起《お》きたらもぬけのカラさ！　きっとあの窓《まど》から外《そと》に…」

コナンを監禁《かんきん》していた部屋《へや》に男《おとこ》が飛《と》び込《こ》むと、確《たし》かに誰《だれ》もおらず、流《なが》し台《だい》の上《うえ》の窓《まど》が開《あ》いていて、朝《あさ》の冷《つめ》たい風《かぜ》が部屋《へや》に吹《ふ》き込《こ》んでいた。足元《あしもと》には解《ほど》かれたロープと、そのロープを切《き》るのに使《つか》ったのだろう、割《わ》れたワインのビンが床《ゆか》に敷《し》かれたマットの上《うえ》に散《ち》らばっていた。

「ヤロォ…」

仮面《かめん》の男《おとこ》は窓《まど》から身《み》を乗《の》り出《だ》して外《そと》を見《み》た。地面《じめん》には雪《ゆき》がこんもり積《つ》もっている。

「雪《ゆき》をクッションにして、ここから飛《と》び降《お》りたってわけね…」

女性《じょせい》は悔《くや》しそうにつぶやいてから急《いそ》いで外《そと》に出《で》ようとする。しかし、仮面《かめん》の男《おとこ》は部屋《へや》の真《ま》ん中《なか》に立《た》ったまま動《うご》かない。

「なにしてるんだい？　はやくあの子《こ》を探《さが》すんだよ！」

「いやまて…奴《やつ》はまだこの中《なか》にいる…」

ギクッ！　小《ちい》さな空間《くうかん》の中《なか》で膝《ひざ》を抱《かか》えて縮《ちぢ》こまっていたコナンの心臓《しんぞう》が飛《と》び跳《は》ねる。


「な、なんだって!?」

「逃《に》げたとみせかけてドアを開《あ》けさせ、オレ達《たち》がここから出《で》て行《い》くのをまっているのさ…」

驚《おどろ》きの声《こえ》を上《あ》げる女性《じょせい》に対《たい》し、男《おとこ》はクククと低《ひく》く笑《わら》いながら、部屋《へや》の中《なか》をゆっくり歩《ある》き出《だ》した。そしてそこら中《じゅう》にある物《もの》を蹴《け》り飛《と》ばし始《はじ》める。

「さぁ、出《で》て来《こ》い小僧《こぞう》!!　なめたマネしやがって!!　今度《こんど》こそあの世《よ》に送《おく》ってやる!!」

しかしコナンは出《で》てこない。

「ん――？」

身《み》を隠《かく》せそうな所《ところ》は、冷蔵庫《れいぞうこ》しかない。小《ちい》さな冷蔵庫《れいぞうこ》の下《した》の段《だん》は閉《し》まっていて、ちょうどコナンが入《はい》り込《こ》めそうな大《おお》きさだった。

「カカカ…そこか…」


恐怖《きょうふ》と緊張感《きんちょうかん》で、コナンの全身《ぜんしん》から汗《あせ》がふき出《だ》していた。


冷蔵庫《れいぞうこ》の前《まえ》に立《た》った男《おとこ》は扉《とびら》を開《ひら》くと同時《どうじ》に、その中《なか》に拳銃《けんじゅう》を向《む》けた。

「死《し》ねぇ!!!」

……冷蔵庫《れいぞうこ》の中《なか》は、空《から》だった。

「……」

「おやおや、カンがはずれたようね…」

今《いま》まで怒鳴《どな》られていた仕返《しかえ》しなのか、女性《じょせい》が少《すこ》し楽《たの》しげに言《い》う。

「フン……どーせ奴《やつ》には帰《かえ》る場所《ばしょ》がない…今日《きょう》の取《と》り引《ひ》きが終《お》わったら見《み》つけ出《だ》して始末《しまつ》してやる…」

特《とく》に悔《くや》しがるそぶりも見《み》せず、男《おとこ》は部屋《へや》から立《た》ち去《さ》り、女性《じょせい》もそれに続《つづ》いた。

ガコッ。

誰《だれ》もいなくなった部屋《へや》に大《おお》きな音《おと》が響《ひび》き、床《ゆか》に敷《し》かれていたマットの下《した》が持《も》ち上《あ》がる。

（ふー……もうダメかと思《おも》ったぜ…）

床下《ゆかした》から顔《かお》を出《だ》したのは、コナンだった！　安全《あんぜん》を確認《かくにん》してから大《おお》きく息《いき》を吐《は》く。

（あの時《とき》、このマットの下《した》の収納庫《しゅうのうこ》を見《み》つけてなかったらヤバかったな…）

こぼれたワインがピチャンピチャンと音《おと》を立《た》てていたのは、床下《ゆかした》に収納庫《しゅうのうこ》があって、そこの空間《くうかん》にしたたり落《お》ちていたからだった。コナンはその中《なか》に潜《もぐ》り込《こ》み、上《うえ》からマットをかぶせて隠《かく》れていたのだ。

ブロロロ……。

エンジン音《おん》が聞《き》こえたので外《そと》を見《み》ると、女性《じょせい》の車《くるま》が出《で》ていく所《ところ》だった。

（よーし、鬼《おに》の居《い》ぬ間《ま》に例《れい》の薬《くすり》を探《さが》すとするか…）


（くっそーどこにもねー……）

二人《ふたり》が寝《ね》ていた部屋《へや》を探《さが》し回《まわ》ってみたが、例《れい》の薬《くすり》は見《み》つからなかった。

（あの薬《くすり》の成分《せいぶん》がわかれば、オレの体《からだ》を元《もと》に戻《もど》す方法《ほうほう》がわかるかもしれないって阿《あ》笠博士《がさはかせ》がいってたのに…やっぱり全部《ぜんぶ》、今日《きょう》の取《と》り引《ひ》きにもってっちまったのか…）

あきらめきれずに部屋《へや》の隅《すみ》にあったゴミ箱《ばこ》をひっくり返《かえ》すと、ぐしゃぐしゃに丸《まる》められた新聞《しんぶん》がバサッと床《ゆか》に落《お》ちた。

（ん？　なんだこの新聞《しんぶん》…？　穴《あな》だらけだ…）

ハサミで切《き》り抜《ぬ》いたであろう、所々《ところどころ》が四角《しかく》く空《あ》いた新聞《しんぶん》を見《み》つめているうちに、コナンはひらめく。

（!?　そういえば奴《やつ》ら、取《と》り引《ひ》き相手《あいて》をいつもの方法《ほうほう》で呼《よ》び出《だ》したっていってたな…もしかしたら…この新聞《しんぶん》から切《き》り抜《ぬ》いた文字《もじ》をつなぎ合《あ》わせて手紙《てがみ》かなんかを作《つく》ったんじゃ…）

昨日《きのう》の二人《ふたり》の会話《かいわ》を思《おも》い出《だ》す。間違《まちが》いない。

（そうだ！　確《たし》か奴《やつ》らいってたぞ…取《と》り引《ひ》き相手《あいて》を始末《しまつ》するって…やべー――…早《はや》く

奴《やつ》らの取《と》り引《ひ》き場所《ばしょ》を割《わ》り出《だ》して殺人《さつじん》を阻止《そし》し、薬《くすり》を手《て》に入《い》れなきゃ…)

肝心《かんじん》の切《き》り抜《ぬ》いた文字《もじ》はここにはないが、文字《もじ》の前後《ぜんご》を見《み》ればそこに何《なに》が書《か》いてあったのかはわかる。

(切《き》り取《と》られた文字《もじ》を文書《ぶんしょ》の前後《ぜんご》から推理《すいり》すると……いてほベルカ…これを組《く》み変《か》えて考《かんが》えられる言葉《ことば》は…べいカほてル…米花《べいか》ホテルだ!!　でもこれだけじゃホテルのどこなのかはっきりしない…)

取《と》り引《ひ》きが行《おこな》われるのは米花《べいか》ホテルなのだろう。しかし大《おお》きな米花《べいか》ホテルのどこで取《と》り引《ひ》きが行《おこな》われるのかを特定《とくてい》するためには、ほかに手掛《てが》かりが必要《ひつよう》だった。

(新聞《しんぶん》から切《き》り取《と》られた文字《もじ》はこれだけだし…ほかに文字《もじ》になるよーな物《もの》はこの部《へ》屋《や》には…)

キョロキョロと見渡《みわた》すと、壁《かべ》にカレンダーがかかっているのが見《み》えた。

椅子《いす》を持《も》っていってその上《うえ》に立《た》ち、9月《がつ》が表《おもて》になっているカレンダーを観察《かんさつ》する。

(ダメだ…どこにも切《き》り取《と》った跡《あと》がねー…)

空振《からぶ》りのようだ。

(しかし、ずい分前《ぶんまえ》のカレンダーだなー…上《うえ》にホコリがかなりたまってる…きっと…この家《いえ》の前《まえ》の住人《じゅうにん》が引《ひ》っ越《こ》す時《とき》に置《お》いてった物《もの》が、そのままになってんだ…)

西暦《せいれき》が何年《なんねん》も前《まえ》の物《もの》だし、9月《がつ》が一番前《いちばんまえ》になっているが、今《いま》は真冬《まふゆ》だ。少《すく》なくともあの二人《ふたり》が使《つか》っていた物《もの》ではないだろう。

(でも、おかしいな…)

コナンは、見《み》ているうちにある事《こと》に気付《きづ》いた。

(側面《そくめん》はこんなに黄《き》ばんでるのに、表面《ひょうめん》にはそれがない…破《やぶ》り目《め》も真新《まあたら》しいし…)

「ん——?」

目《め》を近《ちか》づけて良《よ》く見《み》る。すると、27日《にち》のまわりにうっすらと四角《しかく》い線《せん》が見《み》えた。

(!? カッターの跡《あと》だ!!!)

しかし、27日《にち》が切《き》り取《と》られているわけではない。コナンは考《かんが》える。

(そうか! きっとこのカレンダーのどこかの数字《すうじ》を切《き》り取《と》った後《あと》、穴《あな》があいた上《うえ》の紙《かみ》は破《やぶ》って捨《す》てたんだ…表面《ひょうめん》に見《み》えているのは9月《がつ》だから…破《やぶ》られたのはたぶん8月《がつ》…曜日《ようび》、日数《にっすう》から破《やぶ》られた8月《がつ》の数字《すうじ》の配列《はいれつ》を考《かんが》えると、切《き》り込《こ》みのある9月《がつ》27日《にち》の上《うえ》にあった数字《すうじ》は…30!!）

つまり、奴《やつ》らが取《と》り引《ひ》き相手《あいて》に渡《わた》した手紙《てがみ》の文面《ぶんめん》は、恐《おそ》らく「べいかホテル30」だ。

（そこが奴《やつ》らの取《と》り引《ひ》き場所《ばしょ》だ!!!）

米花《べいか》ホテルにやってきたコナンは、ロビーの観葉植物《かんようしょくぶつ》の陰《かげ》に身《み》を隠《かく》しながら、行《い》き交《か》う人達《ひとたち》の様子《ようす》を探《さぐ》っていた。仮面《かめん》の男達《おとこたち》に見《み》つからないように、途中《とちゅう》で調達《ちょうたつ》した帽子《ぼうし》とマフラーで顔《かお》を隠《かく》している。

（でも…米花《べいか》ホテル30ってなんなんだ？　このホテルは19階《かい》までだし、30号室《ごうしつ》なんてのもないし…）

どうしたものかと考《かんが》えていると、目《め》の前《まえ》を通《とお》ったスーツ姿《すがた》の男性《だんせい》が、荷物《にもつ》を預《あず》けるクロークの受付《うけつけ》に向《む》かい、持《も》っていた札《ふだ》を係《かかり》の女性《じょせい》に渡《わた》した。

「あ、18番《ばん》ですね、少々《しょうしょう》おまちください。」

(ま、まさかクロークの番号《ばんごう》…もしかして、預《あず》けた物《もの》に本当《ほんとう》のまち合《あ》わせ場所《ばしょ》が書《か》いてあるんじゃ…よーし…)

「すみませーん!」

クロークの前《まえ》に立《た》って呼《よ》びかけると、係《かかり》の女性《じょせい》がコナンを見下《みお》ろす。

「あらなーに?」

「パパがここに物《もの》を預《あず》けたんだけど、番号札《ばんごうふだ》を無《な》くしちゃって…30番《ばん》なんですけど…」

女性《じょせい》は預《あず》かり物《もの》のリストを確認《かくにん》し、首《くび》をかしげる。

「へんねー…預《あず》かり物《もの》は26番《ばん》までしかないけど…あ、ボウヤ?」

係《かかり》の女性《じょせい》がリストから顔《かお》を上《あ》げるよりも早《はや》く、コナンはその場《ば》から立《た》ち去《さ》っていた。

（くそー…ここでもなかったか…じゃーいったいどこなんだ？　それともまだ文字《もじ》が足《た》りないっていうのか？）

腕時計《うでどけい》で時間《じかん》を確認《かくにん》する。

（やばい…もう12時《じ》すぎだ…取《と》り引《ひ》きは13時《じ》…それまでに場所《ばしょ》を割《わ》り出《だ》さねーと取《と》り引《ひ》き相手《あいて》の命《いのち》が…）

その時《とき》、すれ違《ちが》った夫婦《ふうふ》の女性《じょせい》が、持《も》っていたポーチに手《て》を入《い》れながら「あらやだ！」と叫《さけ》んで立《た》ち止《ど》まった。

「私《わたし》、車《くるま》の中《なか》にサイフ忘《わす》れてきちゃった」

「おいおい…」

どうやら、駐車場《ちゅうしゃじょう》に止《と》めた車《くるま》に財布《さいふ》を置《お》いてきてしまったらしい。

「どこにとめたっけ？」

「42番《ばん》だよ！　ホラ鍵《かぎ》……」

「ゴメーン。すぐ取《と》って来《く》るから…」

(!?)

男《おとこ》から車《くるま》の鍵《かぎ》を受《う》け取《と》って女性《じょせい》が走《はし》っていくのを見《み》て、コナンは閃《ひらめ》くものがあった。

(ちゅ、駐車場《ちゅうしゃじょう》…)


ホテルの地下《ちか》駐車場《ちゅうしゃじょう》にやってきたコナンは、さっそく30番《ばん》と書《か》かれている駐車位《ちゅうしゃい》置《ち》にきた。白《しろ》い普通車《ふつうしゃ》が止《と》まっている。

(30番《ばん》にとまってるのはこの車《くるま》…まさかこの中《なか》で取《と》り引《ひ》きが……でも…中《なか》には誰《だれ》も乗《の》ってねーし…)

「おい！　そこで何《なに》をやってる?」

「え?」

運転席《うんてんせき》をのぞき込《こ》んでいると、後《うし》ろから急《きゅう》に声《こえ》がした。振《ふ》り返《かえ》ると、小《ちい》さな子供《こども》を連《つ》れた夫婦《ふうふ》が、コナンの事《こと》を不審《ふしん》そうに見《み》ていた。

「ウチの車《くるま》に何《なに》か用《よう》か？」

「パパーこいつきっとドロボーだよドロボー!!」

「い、いえちがうんです…カッコイイ車《くるま》だったからつい…」

コナンがなんとかごまかすと、家族《かぞく》は車《くるま》に乗《の》って去《さ》っていった。

（なんか全然関係《ぜんぜんかんけい》なさそーだな…やっぱりここでもねーのかなー…）

地面《じめん》に描《か》かれた「30」を見《み》ながら悩《なや》んでいると、遠《とお》くからカツカツと足音《あしおと》が聞《き》こえた。

（!?）

急《いそ》いで近《ちか》くの車《くるま》の陰《かげ》に隠《かく》れると、2メートル以上《いじょう》はありそうな長身《ちょうしん》の太《ふと》った男《おとこ》が近《ちか》づいてきた。ベレー帽《ぼう》をかぶり、サングラスとマスクで顔《かお》を隠《かく》している。

（で、でっけー男《おとこ》…ん？　何《なに》かを見《み》てるな…）

ベレー帽《ぼう》の大《おお》きな男《おとこ》は30の駐車位置《ちゅうしゃいち》の前《まえ》でしばらく地面《じめん》を見《み》つめたのち、黙《だま》って立《た》ち去《さ》っていった。

(なんだ?)

そっと車《くるま》の陰《かげ》から出《で》て、男《おとこ》が見《み》つめていた地面《じめん》を確認《かくにん》する。すると、さっきは気《き》付《づ》かない物《もの》が目《め》に飛《と》び込《こ》んできた。

(!? 30の横《よこ》にチョークで小《ちい》さく「1」って書《か》いてある…そうか! 「米花《べいか》ホテル30」でいったん駐車場《ちゅうしゃじょう》のこの場所《ばしょ》に相手《あいて》を出向《でむ》かせ、そこで本当《ほんとう》の取《と》り引《ひ》き場所《ばしょ》を教《おし》えるのが奴《やつ》らの呼《よ》び出《だ》し方法《ほうほう》だったんだ…)

コナンは急《いそ》いで男《おとこ》の後《あと》を追《お》いかけ、ギリギリ気《き》付《づ》かれない程度《ていど》の距離《きょり》を取《と》って尾《び》行《こう》を始《はじ》めた。

(301はおそらく、このホテルの部屋番号《へやばんごう》…そしてあの男《おとこ》は…たぶん奴《やつ》らの…取《と》り引《ひ》き相手《あいて》だ!!)

コナンの推理《すいり》の通《とお》り、ベレー帽《ぼう》の男《おとこ》は階段《かいだん》で3階《かい》に上《あ》がり、廊下《ろうか》を進《すす》み、L《エル》字《じ》になった角《かど》を曲《ま》がる。コナンは観葉植物《かんようしょくぶつ》の陰《かげ》に身《み》を隠《かく》しつつ、曲《ま》がり角《かど》からそっと顔《かお》をのぞかせると、ちょうど男《おとこ》が３０１号室《ごうしつ》のドアをノックしている所《ところ》だった。

ガチャリと扉《とびら》が開《あ》き、中《なか》から人《ひと》が顔《かお》を出《だ》す。

「遅《おそ》かったな…」

(!! か、仮面《かめん》の男《おとこ》!!! やっぱりここが奴《やつ》らの取《と》り引《ひ》き場所《ばしょ》か…)

「例《れい》の物《もの》は持《も》って来《き》たんだろーな？」

仮面《かめん》の男《おとこ》は手《て》に持《も》っていた大《おお》きなトランクを持《も》ち上《あ》げる。

と、その時《とき》。


チン。

背後《はいご》でチャイムが鳴《な》る。振《ふ》り向《む》くと、廊下《ろうか》の突《つ》き当《あ》たりのエレベーターが開《あ》き、
そこからあのメガネの女性《じょせい》が降《お》りてきた。
(あ、あのババアだ!!)

女性《じょせい》は部屋《へや》に戻《もど》るつもりなのだろう、カツカツと早足《はやあし》でこちらに向《む》かってくる。

(し、しまったー!!!　はさまれたー!!!)

観葉植物《かんようしょくぶつ》のおかげで、女性《じょせい》にコナンの姿《すがた》は見《み》えていないようだった。しかし、そばまでくれば気付《きづ》かれてしまうだろう。一方《いっぽう》、３０１号室《ごうしつ》の扉《とびら》の前《まえ》ではまだ二人《ふたり》が話《はなし》をしている。つまり、どちらの方《ほう》にも逃《に》げようがない!

(くそー、せっかくオレの体《からだ》を小《ちい》さくした黒《くろ》ずくめの男達《おとこたち》の仲間《なかま》の居所《いどころ》をつきとめたっていうのに…今度《こんど》奴《やつ》らに捕《つか》まったら確実《かくじつ》に殺《ころ》される…あの仮面《かめん》の男《おとこ》に!!!)

徐々《じょじょ》に女性《じょせい》が近《ちか》づいてくる。その場《ば》にしゃがみ込《こ》んでできるだけ体《からだ》を隠《かく》すが、それだって無理《むり》がある。あと3メートル。

(どうする?)

あと2メートル。

(どうする!?)

あと1メートル!

（どうする⁉）

その時《とき》。


ガチャッ。


メガネの女性《じょせい》のすぐ前《まえ》の部屋《へや》の扉《とびら》が開《あ》き、部屋《へや》から上品《じょうひん》な女性《じょせい》が「いーい正男《まさお》…」と中《なか》にいる男《おとこ》の子《こ》に呼《よ》びかけながら外《そと》に出《で》てきた。

「このホテルのドアは自動《じどう》ロックだから、ドアを閉《し》めるだけでいいのよ！」

「うん！」

メガネの女性《じょせい》がその横《よこ》を通《とお》り過《す》ぎる。観葉植物《かんようしょくぶつ》も、その陰《かげ》に隠《かく》れていたコナンも、ちょうど扉《とびら》に隠《かく》れて女性《じょせい》の視界《しかい》から消《き》えていた。

「じゃーお留守番《るすばん》よろしくね！」

「うんママ！」

メガネの女性《じょせい》は観葉植物《かんようしょくぶつ》の横《よこ》を通《とお》り過《す》ぎ、角《かど》を曲《ま》がり、301号室《ごうしつ》に向《む》かった。

付近《ふきん》に不審《ふしん》な人影《ひとかげ》は、なかった。


一方《いっぽう》、さきほど正男《まさお》と呼《よ》ばれていた男《おとこ》の子《こ》は、ママがエレベーターに乗《の》ったのを確認《かくにん》してから部屋《へや》に戻《もど》り、扉《とびら》を閉《し》め、ふと横《よこ》を向《む》いた。すると、そこにはコナンが立《た》っていた！


「いやぁ　ハハハ…」

「ド、ド、ドロボ…」

笑《わら》ってごまかすコナンに対《たい》し、正男《まさお》は口《くち》をパクパクさせて外《そと》に逃《に》げようとする。

慌《あわ》ててコナンは正男《まさお》を引《ひ》き留《と》める。

「しーーっ！　私《わたし》は怪《あや》しい者《もの》じゃない…ランポー星《せい》から悪《わる》い宇宙人《うちゅうじん》を追《お》ってこの星《ほし》にやって来《き》た…宇宙探偵《うちゅうたんてい》コナンだ!!!」

正男《まさお》はしばらくポカンとしていた後《あと》、「うっそでー！」と叫《さけ》ぶ。

「だって子供《こども》じゃないか——！」

「こ、これは相手《あいて》の目《め》を欺《あざむ》くために子供《こども》の姿《すがた》をかりてるだけだ…」

「じゃー元《もと》の姿《すがた》を見《み》せてよ！」

「い、いやそれは…」

「あ——やっぱりドロボーだ!! まってろよ！ 今《いま》、警察《けいさつ》呼《よ》んでもらうから！」

「わ！ ちょっ…」

正男《まさお》は急《いそ》いでテーブルの上《うえ》にある電話《でんわ》の受話器《じゅわき》を取《と》って耳《みみ》に当《あ》てた。すると、

『コラ正男《まさお》!! いいかげんにしなさい!!!』


「マ、ママの声《こえ》だ…」

受話器《じゅわき》から聞《き》こえたのは、間違《まちが》いなくママの声《こえ》だった。驚《おどろ》きながら顔《かお》を上《あ》げると、

そこには蝶《ちょう》ネクタイ型《がた》変声機《へんせいき》を構《かま》えたコナンが「フフフ…」と笑《わら》っていた。

「私《わたし》はランポー星人《せいじん》！　どんな声《こえ》でも出《だ》せるのだ!!」

「わーーすっごーい！　本当《ほんとう》に宇宙探偵《うちゅうたんてい》なんだねーー!!」

(なんとかこの変声機《へんせいき》でごまかせたな…)

正男《まさお》はコナンのことをすっかり信用《しんよう》したようだった。

(でもこれからどーする？　早《はや》く奴《やつ》らの部屋《へや》にもぐり込《こ》まねーと、奴《やつ》らの取《と》り引《ひ》き相手《あいて》のあの大男《おおおとこ》が殺《ころ》されちまう…それに、仮面《かめん》の男《おとこ》が持《も》っているオレの体《からだ》を小《ちい》さくした例《れい》の薬《くすり》も手《て》に入《い》れてーし…)

「ねーーボクにも手伝《てつだ》える事《こと》なーい？」

正男《まさお》に言《い》われて、コナンはチラリとさっきの電話《でんわ》に目《め》をやる。

「そーだなーとりあえずその電話《でんわ》と…君《きみ》が持《も》ってるチューインガムを使《つか》わせてもらおうか…」

「え？　これ？　いいけど…こんなガムなんに使《つか》うの？」

「フフフ…それは宇宙探偵超《うちゅうたんていちょう》スペシャル極秘事項《ごくひじこう》だ!!」

十分後《じっぷんご》、エレベーターの扉《とびら》が開《あ》き、ホテルのボーイがクロスで覆《おお》われた台車《だいしゃ》とともに3階《かい》に降《お》りた。台車《だいしゃ》の上《うえ》にはフタをしてある料理《りょうり》の皿《さら》とワインがのっている。

ボーイはガラガラと台車《だいしゃ》を押《お》して301号室《ごうしつ》の前《まえ》で止《と》まり、ドアをノックする。

小《ちい》さくドアが開《あ》き、メガネの女性《じょせい》が顔《かお》を出《だ》して、低《ひく》い声《こえ》で「なんだい？」と言《い》った。

「お料理《りょうり》とワインをお持《も》ちいたしました…」

「ええっ？　わたしゃそんな物頼《ものたの》んでないよ!!」

女性《じょせい》が驚《おどろ》いて一歩廊下《いっぽろうか》に出《で》ると、ボーイが困惑《こんわく》して答《こた》えた。

「でも、先《さき》ほどこの部屋《へや》に持《も》って来《く》るようにとお電話《でんわ》が…」

「ヘンだね──…」

二人《ふたり》のやりとりを部屋《へや》の中《なか》で聞《き》いていた仮面《かめん》の男《おとこ》が「フッ」と笑《え》みをこぼす。

「いいじゃないか…ちょうど腹《はら》も減《へ》ってたし中《なか》へ運《はこ》んでもらえ…」

「で、でも…」

「うるさい!!!　さっさと中《なか》へ運《はこ》ぶんだ!!!」

仮面《かめん》の男《おとこ》の異様《いよう》な見《み》た目《め》とその強《つよ》い剣幕《けんまく》に、ボーイが「ひっ」と悲鳴《ひめい》を上《あ》げる。

「わ、わかったよ…さあ中《なか》へ…」

「は、はい…」

ボーイは急《いそ》いで台車《だいしゃ》を押《お》して部屋《へや》の中《なか》に入《い》れた。

「もたもたすんじゃないよ!」

女性《じょせい》に急《せ》かされながらクローゼットの前《まえ》を通《とお》って奥《おく》まで台車《だいしゃ》を押《お》すと、すぐさま仮面《かめん》の男《おとこ》がボーイを外《そと》に追《お》い出《だ》した。

「さあ!　用《よう》がすんだら早《はや》く出《で》て行《い》け!!」

「ひょえええ!」

ボーイが文字《もじ》通《どお》り逃《に》げるようにエレベーターに向《む》かうのを確認《かくにん》してから、仮面《かめん》の男《おとこ》は部屋《へや》のドアを閉《し》めようとした。と、その時《とき》、男《おとこ》はある事《こと》に気付《きづ》いた。

(!?　鍵穴《かぎあな》にガム!?)

バッと部屋《へや》の中《なか》を見回《みまわ》す。台車《だいしゃ》の横《よこ》にメガネの女性《じょせい》と、ベレー帽《ぼう》の男《おとこ》が立《た》ち、皿《さら》のフタを取《と》って料理《りょうり》をのぞいていた。

仮面《かめん》の男《おとこ》は、楽《たの》しげに「カカカ…」と喉《のど》を鳴《な》らし、鍵穴《かぎあな》に詰《つ》まったガムをはぎ取《と》りドアを閉《し》め、さらにチェーンロックをかけ、部屋《へや》の中《なか》に入《はい》っていった。

「じゃー―とりあえず乾杯《かんぱい》といくかい?」

女性《じょせい》がそう言《い》ってグラスを差《さ》し出《だ》すが、仮面《かめん》の男《おとこ》は受《う》け取《と》らず、「まて…」と呟《つぶや》き、拳銃《けんじゅう》を構《かま》えた。

「その前《まえ》に、もう一人《ひとり》のお客人《きゃくじん》を紹介《しょうかい》するとしよう」

「も、もう一人《ひとり》の…客人《きゃくじん》?」

女性《じょせい》はハッと気《き》がついて、床《ゆか》すれすれまでクロスがかかった台車《だいしゃ》を見《み》る。

「ま、まさかこの中《なか》に⁉　あのボウヤが⁉」

上《うえ》に料理《りょうり》がのっているのも構《かま》わずにシーツをはぎ取《と》る。

「⁉」

……しかし、そこには空間《くうかん》こそあったものの、誰《だれ》もいなかった。

「なんだ　いないじゃないのさ！」

「フフフ…その台車《だいしゃ》はおとりだ…」

男《おとこ》は入《い》り口《ぐち》の横《よこ》にあるクローゼットに手《て》をかけた。

「本当《ほんとう》はこの…クローゼットの…中《なか》だ‼」

バッと扉《とびら》を開《あ》けると、確《たし》かに、そこにコナンがしゃがみ込《こ》んでいた！

（し、しまったあぁ‼!）

「ククク…まずおまえは、おまえが呼《よ》んだボーイとオレ達《たち》が話《はな》してる間《あいだ》に、鍵穴《かぎあな》にガムをおし込《こ》み自動《じどう》ロックを不能《ふのう》にした…そして…オレ達《たち》が台車《だいしゃ》に気《き》をとられてるスキに部屋《へや》に忍《しの》び込《こ》み、クローゼットに隠《かく》れたんだ‼」

立《た》ち上《あ》がろうとするコナンの眉間《みけん》に、男《おとこ》はぴたりと銃口《じゅうこう》を突《つ》きつけた。

「カカカ…オレ様《さま》がそんな手《て》にかかるとでも思《おも》ったか…」

（くそ——…こーなったら時計型麻酔銃《とけいがたますいじゅう》で…）

瞬時《しゅんじ》に時計《とけい》の横《よこ》にあるスイッチを押《お》す。これで時計《とけい》のフタが跳《は》ね上《あ》がって照準《しょうじゅん》に
——

（さ、作動《さどう》しない⁉）

何度《なんど》スイッチを押《お》し込《こ》んでも、時計型麻酔銃《とけいがたますいじゅう》は動《うご》いてくれなかった。

「ククク…その面白《おもしろ》い時計《とけい》なら最初《さいしょ》におまえを捕《と》らえた時《とき》に動《うご》かないようにさせてもらったよ…」

「なに⁉」

仮面《かめん》の男《おとこ》は拳銃《けんじゅう》の引《ひ》き金《がね》にかけた指《ゆび》にゆっくりと力《ちから》を入《い》れていく。

「オレ様《さま》を甘《あま》くみた事《こと》をあの世《よ》で後悔《こうかい》するんだな…え——そうだろ？　高校生探偵《こうこうせいたんてい》…工藤新一《くどうしんいち》!!!」

そして、一気《いっき》に引《ひ》き金《がね》を引《ひ》いた！

ピトッ。

——何《なに》かが、コナンの眉間《みけん》に張《は》り付《つ》いた。

「オ、オモチャ？」

完全《かんぜん》に撃《う》たれたと思《おも》ったコナンだったが、銃口《じゅうこう》から一直線《いっちょくせん》に飛《と》んできたのは、なんと吸盤《きゅうばん》の付《つ》いたオモチャの矢《や》だった！

「ぷっ。」

「ククク…」

仮面《かめん》の男《おとこ》とメガネの女性《じょせい》が、口《くち》を押《お》さえてうつむいている。が、ついに我慢《がまん》しきれずに笑《わら》い出《だ》した。

「「ハッハッハッハッ!!」」

コナンには何《なに》が起《お》きているのかさっぱりわからない。すると、仮面《かめん》の男《おとこ》が「まだわからんのか？」と言《い》ってシルクハットと仮面《かめん》を脱《ぬ》ぎ捨《す》てた。

「オレだよオレ…世界屈指《せかいくっし》の推理小説家《すいりしょうせつか》…工藤優作《くどうゆうさく》だ!!!」

仮面《かめん》の下《した》から現《あらわ》れたのは鼻《はな》の下《した》に上品《じょうひん》なちょびひげを生《は》やし、コナンと同《おな》じ型《かた》のメガネをしている男性《だんせい》だった。その顔《かお》を見《み》たコナンが唖然《あぜん》とした顔《かお》で呟《つぶや》く。

「と、父《とう》さん…」

間違《まちが》えようがない。仮面《かめん》の男《おとこ》の正体《しょうたい》は、工藤新一《くどうしんいち》の父親《ちちおや》、工藤優作《くどうゆうさく》だった！

「じゃーあのオバサンはまさか…」

メガネの女性《じょせい》は自分《じぶん》の頭《あたま》をつかんでひっぱりあげる。すると、髪《かみ》の毛《け》といっしょに特殊《とくしゅ》メイクのラバーがバリバリとはがれ、中《なか》からカールのかかった栗色《くりいろ》の髪《かみ》の若々《わかわか》しい美女《びじょ》が現《あらわ》れた。

「ウフフ…ごめんね新《しん》ちゃん…」

「母《かあ》さん!!!」

変装《へんそう》していた工藤新一《くどうしんいち》の母《はは》、工藤有希子《くどうゆきこ》は、体型《たいけい》をごまかすためにコートの中《なか》に詰《つ》めていた布《ぬの》を床《ゆか》に落《お》としながら楽《たの》しそうに笑《わら》った。

「でも、我《わ》が子《こ》に気《き》づかれないなんて、まだまだ私《わたし》も女優《じょゆう》としてやっていけるわね♡」

「……て事《こと》は　その大男《おおおとこ》は…阿笠博士《あがさはかせ》!!」

男《おとこ》の腹《はら》のあたりがパカッと開《ひら》き、コナンの想像通《そうぞうどお》り、そこには大笑《おおわら》いしている阿《あ》笠博士《がさはかせ》がいた。頭《あたま》の部分《ぶぶん》は張《は》りぼてだったのだ。

「そーか、てめーらオレをはめるために　こんな手《て》のこんだ事《こと》を…」

呆《あき》れるコナンに対《たい》し、三人《さんにん》の大人《おとな》は楽《たの》しげにニッと笑《わら》った。

完全《かんぜん》にふてくされ、ソファに寝《ね》っ転《ころ》がっているコナンを、優作《ゆうさく》と有希子《ゆきこ》がなだめようとする。

「まぁ、そう怒《おこ》るな…父《とう》さん達《たち》だって心配《しんぱい》したんだぞ…」

「そうよ新《しん》ちゃん、ひさしぶりに家《いえ》に帰《かえ》ったらあなたがいないんだもの…」

「ハハ…それでオレが薬《くすり》で小《ちい》さくされた事情《じじょう》を阿笠博士《あがさはかせ》に聞《き》いて、こんな悪巧《わるだく》みを仕組《しく》んだってわけか…」

阿笠博士《あがさはかせ》が困《こま》った顔《かお》で笑《わら》っていると、優作《ゆうさく》が答《こた》えた。

「悪巧《わるだく》みじゃないさ！　おまえの探偵《たんてい》としての能力《のうりょく》を試《ため》したんだよ…その結果《けっか》、見事《みごと》おまえはオレ達《たち》の元《もと》から脱出《だっしゅつ》し、オレが残《のこ》した手掛《てが》かりによってこの場所《ばしょ》をつきとめ、ここに乗《の》り込《こ》んで来《き》たが、オレに撃《う》たれた…すべてオレの計算通《けいさんどお》りにな！」

ん？　ということは……。

「じゃーオレがあの時《とき》、キッチンの収納庫《しゅうのうこ》に隠《かく》れてたのも知《し》ってたな…」

「もちろんだ！　まー探偵《たんてい》としては合格《ごうかく》スレスレだな…」

優作《ゆうさく》は変装《へんそう》に使《つか》っていた仮面《かめん》を持《も》ち上《あ》げて顔《かお》にかぶせた。

「だいたい気《き》づかないおまえも悪《わる》い！　せっかくオレの小説《しょうせつ》に出《で》てくる、この「怪人《かいじん》　闇の男爵《ナイトバロン》」に扮《ふん》してたのに…」

「バーロォ！　それどころじゃなかったよ！　殺《ころ》されるかと思《おも》ったんだぞ…」

すると、優作《ゆうさく》は「お――そーか、そーか！」と笑顔《えがお》で頷《うなず》いた。

「じゃーこんな危《あぶ》ない国《くに》はさっさと引《ひ》き揚《あ》げて、父《とう》さん達《たち》と外国《がいこく》でのんびり暮《く》らそうか!!」

「え？」

有希子《ゆきこ》がしゃがみ込《こ》んで、コナンの肩《かた》に優《やさ》しく手《て》を置《お》いた。

「そうよ、新《しん》ちゃん…本当《ほんとう》はあなたがどんなに危険《きけん》な立場《たちば》にいるかわからせるために、こんな事《こと》をやったのよ！」

「だからワシもこの芝居《しばい》に協力《きょうりょく》したんじゃよ、新一君《しんいちくん》…」

有希子《ゆきこ》と阿笠博士《あがさはかせ》の思《おも》わぬ言葉《ことば》に、上手《うま》く答《こた》える事《こと》ができない。

「もし、オレ達《たち》が例《れい》の男達《おとこたち》だったら…今頃《いまごろ》おまえはあの世行《よい》きだ…」

優作《ゆうさく》はコナンの眉間《みけん》に、銃《じゅう》の形《かたち》に模《も》した人差《ひとさ》し指《ゆび》を「ドン」と当《あ》てた。

「まー心配《しんぱい》するな、インターポールにも友人《ゆうじん》がいる…彼《かれ》らに頼《たの》んで奴《やつ》らの組織《そしき》を探《さぐ》ってもらうとしよう…そのうち例《れい》の薬《くすり》が手《て》に入《はい》り、おまえの体《からだ》も元《もと》に戻《もど》るだろう…」

「……」

コナンはうつむいて、黙《だま》っていた。それを同意《どうい》と受《う》け取《と》ったのか、優作《ゆうさく》はまとめに入《はい》ろうとした。

「だから危険《きけん》な探偵《たんてい》ゴッコはこれで終《お》わり…」

が、その時《とき》。

「やだね!」

優作《ゆうさく》の言葉《ことば》を遮《さえぎ》り、コナンの決意《けつい》の宣言《せんげん》が室内《しつない》に響《ひび》き渡《わた》った。

「これはオレの事件《じけん》だ! オレが解《と》く!! 父《とう》さん達《たち》は手《て》を出《だ》すな!!」

「し、新《しん》ちゃん…」

「それに……オレはまだ日本《ここ》を、離《はな》れるわけにはいかねーんだ!!」

頭《あたま》の中《なか》で幼《おさな》なじみの女《おんな》の子《こ》の顔《かお》を浮《う》かべながら、コナンは訴《うった》えた。

「し、新一《しんいち》!!」

有希子《ゆきこ》が叱《しか》ろうとするが、息子《むすこ》の言葉《ことば》を黙《だま》って聞《き》いていた優作《ゆうさく》がそれを止《と》めた。

「フッ、まあいい…しばらくこいつの好《す》きにさせてやるか…そのかわり危《あぶ》なくなったらすぐに外国《がいこく》に連《つ》れて行《い》くぞ!!」

有希子《ゆきこ》がなおも「でも、あなた…」と食《く》い下《さ》がると、優作《ゆうさく》はコナンの顔《かお》をのぞき込《こ》んでニヤリと笑《わら》った。

「それに新一《しんいち》は、ほかにもここを離《はな》れたくない理由《りゆう》がありそーだ…」

「……」

コナンは目《め》をそらし、顔《かお》を少《すこ》し紅《あか》くした。

「ええーっ！　また息子《むすこ》さんを預《あず》かるんですか――!?」

次《つぎ》の日《ひ》、毛利探偵事務所《もうりたんていじむしょ》に、コナンと、コナンの母親《ははおや》の江戸川文代《えどがわふみよ》がやって来《き》たので、蘭《らん》と小五郎《こごろう》は驚《おどろ》いた。

「ええ…どーしてもこの子《こ》がここを離《はな》れたくないというもので……」

「しかしですなァ、奥《おく》さん…」

嫌《いや》がる小五郎《こごろう》に対《たい》して、メガネの女性《じょせい》はポーチから取《と》り出《だ》した預金通帳《よきんつうちょう》を渡《わた》した。

「これがこの子《こ》の養育費《よういくひ》ですわ！　御《ご》入《い》り用《よう》の時《とき》はどうぞお好《す》きなだけ…」

「え？」

受《う》け取《と》った通帳《つうちょう》を開《ひら》くと、なんと一千万円《いっせんまんえん》が預金《よきん》されていた!!

「いやーこんなかわいい息子《むすこ》さんなら喜《よろこ》んでお預《あず》かりしましょう!!」

一瞬《いっしゅん》で上機嫌《じょうきげん》になった小五郎《こごろう》をコナンは呆《あき》れて見《み》つめた。

「あ、それから蘭《らん》さん？」

「は、はい…」

メガネの女性《じょせい》はコナンの肩《かた》を押《お》して、蘭《らん》の前《まえ》に立《た》たせる。

「この子《こ》の事《こと》、よろしくお願《ねが》いしますよ！　この子《こ》、どーやらあなたの事《こと》が好《す》きみたいですから♡」

「あらー♡」


成田空港《なりたくうこう》。

間《ま》もなく飛《と》び立《た》とうとする国際線《こくさいせん》の飛行機《ひこうき》の中《なか》で、工藤優作《くどうゆうさく》と有希子《ゆきこ》は仲良《なかよ》く話《はなし》をしていた。

「いやー面白《おもしろ》かったなー！　原稿《げんこう》放《ほう》り出《だ》して日本《にっぽん》に逃《に》げて来《き》たかいがあったよ！」

「でも、新《しん》ちゃん大丈夫《だいじょうぶ》かしら？」

まだ心配《しんぱい》げな有希子《ゆきこ》に対《たい》し、優作《ゆうさく》は笑《わら》って答《こた》える。

「なーにそのうち音《ね》をあげて泣《な》きついて来《く》るさ！　それよりこのまま世界一周《せかいいっしゅう》って

のはどーだ？」

「あらいいわね♡」

だが、その時《とき》、飛行機《ひこうき》の後《うし》ろの方《ほう》が騒《さわ》がしくなる。

「あっいたいた！　工藤先生《くどうせんせい》〰〰〰っ!!」

名前《なまえ》を呼《よ》ばれて振《ふ》り返《かえ》ると、たくさんの外国人《がいこくじん》がこちらに駆《か》け寄《よ》ってくる。しかも、全員優作《ぜんいんゆうさく》が知《し》っている人達《ひとたち》だった。

「ゲッ外国《がいこく》の雑誌社《ざっししゃ》の連中《れんちゅう》だ!!　ど、どうしてここが!?」

「息子《むすこ》さんからここにいると電話《でんわ》があったんですよ！　さあ書《か》いてもらいますよ残《のこ》り308枚《ページ》！」

「バカヤロォ　ウチが先《さき》だ!!」

「おいおいウチは、輪転機止《りんてんきと》めてまってんだぞ!!」

結局《けっきょく》、世界一周《せかいいっしゅう》どころではなくなり、優作《ゆうさく》は飛行機《ひこうき》が到着《とうちゃく》するまでの十数時間《じゅうすうじかん》の空《そら》の旅《たび》の間《あいだ》、何人《なんにん》もの編集者《へんしゅうしゃ》の監視《かんし》の下《もと》、原稿《げんこう》を書《か》き続《つづ》けたのだった……。

「やられたわね……」
「あのヤロー…」

両親《りょうしん》が仕掛《しか》けた壮大《そうだい》なイタズラへの反撃《はんげき》をすませたコナンは、毛利探偵事務所《もうりたんていじむしょ》のソファに寝転《ねころ》がりながら、「ふぁ〰〰」と、大《おお》きなあくびをした。

To be continued……

Shogakukan Junior Bunko

★小学館ジュニア文庫★

小説 名探偵コナン CASE2

2015年11月 2 日　初版第1刷発行

著者／土屋つかさ
原作・イラスト／青山剛昌

発行者／立川義剛
印刷・製本／中央精版印刷株式会社
デザイン／石沢将人＋ベイブリッジ・スタジオ
編集／山口久美子

発行所／株式会社　小学館
〒101-8001　東京都千代田区一ツ橋２－３－１
電話　編集　03-3230-5105
販売　03-5281-3555

Printed in Japan　ISBN 978-4-09-230845-9

★「小学館ジュニア文庫」を読んでいるみなさんへ★

この本《ほん》の背《せ》にあるクローバーのマークに気《き》がつきましたか？

オレンジ、緑《みどり》、青《あお》、赤《あか》に彩《いろど》られた四《よ》つ葉《ば》のクローバー。これは、小学館《しょうがくかん》ジュニア文庫《ぶんこ》のマークです。そして、それぞれの葉《は》の色《いろ》には、私《わたし》たちがジュニア文庫《ぶんこ》を刊行《かんこう》していく上《うえ》で、みなさんに伝《つた》えていきたいこと、私《わたし》たちの大切《たいせつ》な思《おも》いがこめられています。

オレンジは愛《あい》。家族《かぞく》、友達《ともだち》、恋人《こいびと》。みなさんの大切《たいせつ》な人《ひと》たちを思《おも》う気持《きも》ち。まるでオレンジ色《いろ》の太陽《たいよう》の日差《ひざ》しのように心《こころ》を暖《あたた》かにする、人《ひと》を愛《あい》する気持《きも》ち。

緑《みどり》はやさしさ。困《こま》っている人《ひと》や立場《たちば》の弱《よわ》い人《ひと》、小《ちい》さな動物《どうぶつ》の命《いのち》に手《て》をさしのべるやさしさ。緑《みどり》の森《もり》は、多《おお》くの木々《きぎ》や花々《はなばな》、そこに生《い》きる動物《どうぶつ》をやさしく包《つつ》み込《こ》みます。

青《あお》は想像力《そうぞうりょく》。芸術《げいじゅつ》や新《あたら》しいものを生《う》み出《だ》していく力《ちから》。立場《たちば》や考《かんが》え方《かた》、国籍《こくせき》、自分《じぶん》とは違《ちが》う人《ひと》たちの気持《きも》ちを思《おも》い、協力《きょうりょく》しあうことも想像《そうぞう》の力《ちから》です。人間《にんげん》の想像力《そうぞうりょく》は無限《むげん》の広《ひろ》がりを持《も》っています。まるで、どこまでも続《つづ》く、澄《す》みきった青《あお》い空《そら》のようです。

赤《あか》は勇気《ゆうき》。強《つよ》いものに立《た》ち向《む》かい、間違《まちが》ったことをただす気持《きも》ち。くじけそうな自分《じぶん》の弱《よわ》い気持《きも》ちに立《た》ち向《む》かうことも大《おお》きな勇気《ゆうき》です。まさにそれは、赤《あか》い炎《ほのお》のように熱《あつ》く燃《も》え上《あ》がる心《こころ》。

四《よ》つ葉《ば》のクローバーは幸《しあわ》せの象徴《しょうちょう》です。愛《あい》、やさしさ、想像力《そうぞうりょく》、勇気《ゆうき》は、みなさんが未来《みらい》を切《き》りひらき、幸《しあわ》せで豊《ゆた》かな人生《じんせい》を送《おく》るためにすべて必要《ひつよう》なものです。

体《からだ》を成長《せいちょう》させていくために、栄養《えいよう》のある食《た》べ物《もの》が必要《ひつよう》なように、心《こころ》を育《そだ》てていくためには読書《どくしょ》がかかせません。みなさんの心《こころ》を豊《ゆた》かにしていく本《ほん》を一冊《さつ》でも多《おお》く出《だ》したい。それが私《わたし》たちジュニア文庫編集部《ぶんこへんしゅうぶ》の願《ねが》いです。

みなさんのこれからの人生《じんせい》には、困《こま》ったこと、悲《かな》しいこと、自分《じぶん》の思《おも》うようにいかないことも待《ま》ち受《う》けているかもしれません。どうか「本《ほん》」を大切《たいせつ》な友達《ともだち》にしてください。どんな時《とき》でも「本《ほん》」はあなたの味方《みかた》です。そして困難《こんなん》に打《う》ち勝《か》つヒントをたくさん与《あた》えてくれるでしょう。みなさんが「本《ほん》」を通《つう》じ素敵《すてき》な大人《おとな》になり、幸《しあわ》せで実《みの》り多《おお》い人生《じんせい》を歩《あゆ》むことを心《こころ》より願《ねが》っています。

小学館ジュニア文庫編集部

次はどれにする？ おもしろくて楽しい新刊が、続々登場!!

〈ドキドキのマジカルストーリー〉

華麗なる探偵アリス&ペンギン
華麗なる探偵アリス&ペンギン　ワンダー・チェンジ!
華麗なる探偵アリス&ペンギン　ミラー・ラビリンス
華麗なる探偵アリス&ペンギン　サマー・トレジャー
白魔女リンと3悪魔
白魔女リンと3悪魔　フリージング・タイム
バリキュン!!
螺旋のプリンセス

〈背筋がゾクゾクするホラー&ミステリー〉

恐怖学校伝説
恐怖学校伝説　絶叫怪談
怪奇探偵カナちゃん
リアル鬼ごっこ

〈思わずうるうる…感動ストーリー〉

きみの声を聞かせて　猫たちのものがたり―まぐ・ミクロ・まる―
世界の中心で、愛をさけぶ
天国の犬ものがたり～ずっと一緒～
天国の犬ものがたり～わすれないで～
天国の犬ものがたり～未来～
動物たちのお医者さん
わさびちゃんとひまわりの季節

〈大人気！「名探偵コナン」シリーズ〉

名探偵コナン　迷宮の十字路
名探偵コナン　銀翼の奇術師
名探偵コナン　水平線上の陰謀

名探偵コナン　探偵たちの鎮魂歌
名探偵コナン　紺碧の棺
名探偵コナン　戦慄の楽譜
名探偵コナン　漆黒の追跡者
名探偵コナン　天空の難破船
名探偵コナン　沈黙の15分
名探偵コナン　11人目のストライカー
名探偵コナン　絶海の探偵
名探偵コナン　異次元の狙撃手

ルパン三世VS名探偵コナン　THE MOVIE
名探偵コナン　江戸川コナン失踪事件　史上最悪の二日間
名探偵コナン　天国へのカウントダウン
名探偵コナン　業火の向日葵

小説　名探偵コナン　CASE1

次はどれにする？　おもしろくて楽しい新刊が、続々登場!!

第3回小学館ジュニア文庫小説賞募集中！

小学館ジュニア文庫での出版を前提とした小説賞です。
募集するのは、恋愛、ファンタジー、ミステリー、ホラーなど。
小学生の子どもたちがドキドキしたり、ワクワクしたり、
ハラハラできるようなエンタテインメント作品です。

未発表、未投稿のオリジナル作品に限ります。未完の作品は選考対象外となります。

〈選考委員〉

★小学館ジュニア文庫★編集部　ちゃお編集部　コロコロコミック編集部

〈応募期間〉

2015年12月14日（月）～ 2016年2月15日（月）
※当日消印有効

〈賞　金〉

［大賞］……正賞の盾ならびに副賞の50万円
［金賞］……正賞の賞状ならびに副賞の20万円

〈応募先〉

〒101−8001 東京都千代田区一ツ橋2−3−1
小学館　「ジュニア文庫小説賞」事務局

〈要項〉

★原稿枚数★　1枚40字×28行で、50～80枚。A4サイズ用紙を横位置にして、縦書きでプリントアウトしてください（感熱紙不可）。

★応募原稿★　●1枚めに、タイトルとペンネーム（ペンネームを使用しない場合は本名）を明記してください。●2枚めに、本名、ペンネーム、年齢、性別、職業（学年）、郵便番号、住所、電話番号、小説賞への応募履歴、小学館ジュニア文庫に応募した理由をお書きください。●3枚めに、800字程度のあらすじ（結末まで書かれた内容がわかるもの）をお書きください。●4枚め以降が原稿となります。

〈応募上の注意〉

●独立した作品であれば、一人で何作応募してもかまいません。●同一作品による、ほかの文学賞への二重投稿は認められません。●出版権、映像化権、および二次使用権など入選作に発生する著作権（著作権法第27条及び第28条の権利を含む）は小学館に帰属します。●応募原稿は返却できません。●選考に関するお問い合わせには応じられません。●ご提供頂いた個人情報は、本募集での目的以外には使用いたしません。受賞者のみ、ペンネーム、都道府県、年齢を公表します。●第三者の権利を侵害した作品（著作権侵害、名誉毀損、プライバシー侵害など）は無効となり、権利侵害により損害が生じた場合には応募者の責任にて解決するものとします。●応募規定に違反している原稿は、選考対象外となります。

★発表★　「ちゃおランド」ホームページにて（http://www.ciao.shogakukan.co.jp/bunko/）

Shogakukan Junior Bunko

Shogakukan Junior Bunko